WINGS・NOVEL

招かれざる客
〜黒の大正花暦〜

三木笙子
Shoko MIKI

新書館ウィングス文庫

SHINSHOKAN

招かれざる客 ～黒の大正花暦～

目次

招かれざる客
～黒の大正花暦～
登場人物
西脇【にしわき】
農商務省園芸調査所長。
北芝【きたしば】
農商務省参事官。

平原あき【ひらはら・あき】
花守の姉。既婚。
花守啓介【はなもり・けいすけ】
腕の良い歯科医。
白菊芳史【しらぎく・よしふみ】
農商務省の嘱託。

イラストレーション◆伊東七つ生

第一話 水仙

「それでは貴方が犯人というわけですか」

そう言って彼が目を細めた瞬間、花守《はなもり》は白い大輪の菊が咲き乱れる幻想を見たように思ったが、それどころではないと我に返った。

「僕ではありませんよ」

「ですが、誰が見ても貴方が犯人としか思えませんね」

言葉は冷たいが、声音にはどこか面白がっているような響きがあった。

＊

花守啓介《けいすけ》が雪の向島《むこうじま》を訪ねたのは、さる鍛冶屋《かじや》が作った道具を見るためである。

花守は歯科医だった。

ハーバード大学に留学したのは、明治から大正へと時代が移り変わる頃で、歯科を学んで三年の後、帰国して新富町《しんとみちょう》に歯科医院を開いた。

実家が富裕であり、同じく歯科医である兄の後ろ盾のもと、花守個人の医院まで建ててもらったのだからずいぶん恵まれている。

花守は患者の苦痛を少しでも和らげようと、治療で使う道具に工夫を重ねているうちに、何人もの鍛冶屋と知り合いになった。

皆、腕が良かったが、そんな彼らが口を揃えて褒める、ある鍛冶屋がいた。

名を倉城一徹《くらしろいってつ》という。

帝都のみならず日本中の職人たちから、「倉城の作った道具がほしい」と熱望されていたが非常に気難しく、自分が気に入った相手にしか道具を作らなかった。

花守は興味をそそられた。

倉城は数年前に亡くなっており、新しく作ってもらうことはできないが、良い物は見る目を養ってくれる。

せめて彼の作った道具を見せてもらえないかと伝手《つて》をあたってみたが、片端から断られてしまった。

倉城の作った道具を持っているということは、客を選び続けた倉城が合格点を出した職人ということだから、いずれも一筋縄ではいかない者ばかりで、頼んでも「道具は見世物ではない」などといって、けんもほろろに断られてしまう。

加えて欧州大戦後の好景気である。

世の中に金が溢れ、好事家《こうずか》の間では名のある鍛冶屋の道具を集めることがひとつの流行となっていた。

何でも、大工道具を集めるのが趣味だったある男が、好景気で一躍大富豪となり、その生活ぶりを事細かに新聞に書かれたのがきっかけだという。

成功した人間にあやかりたいと思うのは人の常だし、優れた道具は形も美しい。

あっという間に投機が巻き起こり、盗み出してでも手に入れようとする輩《やから》が現れるようになるまで、そう時間はかからなかった。

中でも倉城の道具は職人、好事家のどちらからも垂涎《すいぜん》の的だったから、持ち主たちが「盗っ人の下見では」と警戒するのも無理はない。

花守はほとんど諦めかけていたが、ひょんなところから手蔓《てづる》を得た。

敷島《しきしま》という男が、ある指物師《さしものし》を紹介してくれたのだ。

敷島は花守の患者のひとりである。

向島に住む熊谷白山《くまがいはくさん》という職人が、倉城の作った十本組のノミを持っているという。

ノミは木や石に溝を掘ったり、穴を開けたりするための道具である。

熊谷が古い知人から形見に譲られた物で、倉城のお眼鏡にかなって作ってもらったというわけではないが、本物は本物である。

「熊谷はかなりの道具を揃えている」

敷島はひげをひねりながら言った。

「倉城の他にもかなりの名品を持っていた。なかなか話し上手の男だから、道具を見がてら、来歴や逸話を聞かせてもらってはどうかな」

身の回りの道具に凝る質《たち》の敷島は、いっとき熱心に熊谷の元に通い詰め、もう一厘《りん》薄くしてくれとかアキが五分《ぶ》低いとか、細かな注文を出していたという。

「気がついたら真夜中だったこともある。その度に泊めてもらったものだ」

「お邪魔ではないでしょうか」

「何、私の頼みならきいてくれる」

その代わり、といって敷島は声をひそめた。

「この次も私の治療をしてもらえまいか」

花守は笑って、兄に話しておきましょうと答えた。

敷島は大店《おおだな》の主人で、以前は向島に別荘を構えており、熊谷に多くの道具を注文してきた大得意だったという。

そのためか、敷島が手紙を出すと、喜んでお見せするという返事が来た。

敷島が話していた通り、他に見たい道具があればすべてお見せするし、知っている限りのことはお話しするが、なにぶん数が多いので、お出《い》でになるなら泊まっていってはどうかと、親切この上ない。

図々しいとは思ったが、花守はせっかくの機会だからと厚意を受けることにした。

政財界人が別荘や別宅を構える向島は、同時に風光明媚《めいび》な観光地でもあり、花見や舟遊びの客たちを目当てにした料理屋や船宿も多い。

熊谷が住んでいたのは、「みずとり」という料理旅館の離れだった。

何でも、「みずとり」の主人である郷家《ごうけ》という男が熊谷の腕を非常に愛して、店で使う道具一式から身の回りの品まですべて作らせたため、いちいち通うのも面倒だろうからと、離れを作り住まわせたという。

「みずとり」は隅田川《すみだがわ》のほとりに建っていた。

茅葺《かやぶき》の大きな建物で、農家を買い取って手を加えたらしい。

花守はざくざくと雪を踏みながら歩いた。

花の盛りには酔客が押し寄せるのだろうが、冷たい川風が吹き寄せるこの季節は人影もなく、客もあるのかないのかひっそりとしている。

——この頃は、風流な雪見の客も少ないのか。

江戸の昔と違い、好景気に沸き返っているこの時代に、雪など見ている暇はないのかもしれない——そう思ったときだった。

花守は視線を感じた。

「みずとり」から、誰かが花守を見ているような気がしたのだ。

しばらく足を止めて、玄関の中の暗がりにじっと目をこらしたが人の姿はない。

目立つものといえば、もうすでに出立《しゅったつ》した客だろうか、脇に立てかけられた「フロラ会ご一行様」という看板だけである。

——思い違いだったか。

花守は足元を踏み固めるようにして再び歩き始めた。

料理旅館の裏手に回ると、行く手にソリを引いている男の姿が見えた。

雪の上を軽々と引いているところを見ると、大きな荷物だったが、さして重くはなさそうである。

ソリの向かう先に離れが二つ並んで建っていた。

その背後には隅田川が流れている。

花守の先を行く男は、左手にある建物の前でソリを止めた。

後になって分かったことだが、右手にあるのが母屋《おもや》、左手にあるのが仕事場だった。

「恐れ入ります」

花守が声をかけると、男が振り返った。

小柄な少年で目端のききそうな顔をしている。

「花守と申します。熊谷さんはいらっしゃいますか」

名乗ると少年は笑顔になった。

「はい、うかがっております。少々お待ちいただけますか。今、師匠に知らせてきます」

そう言って少年は右手の建物に姿を消した。

足を止めた花守は改めて周囲を見回した。

離れのまわりに水仙が咲いている。

鈍色《にびいろ》の空の下、色という色がすべて消えたような雪景色の中で、すらりと伸びた緑の葉と、黄色の花が鮮やかな対比をなしている。

雪に埋もれて、見る人もない冬の川岸に、花は美しく咲いている。

季節がめぐり、時が満ちて、まさしく命が花開く。

目には見えぬ命の形そのものを見たような思いがして、花守はしばし見惚れた。

ややして、隣の母屋から少年と同じように小柄な老人が現れた。

もうすでに還暦を超えているだろうか。

老人が花守を見上げて言った。

「熊谷白山です。こっちは孫の弥吉《やきち》」

弥吉がぺこりと頭を下げた。

「師匠」と呼んでいたが、実の孫であるらしい。

言われてみれば顔立ちや身体つきがよく似ている。

「この度は貴重な道具を見せてくださるとのことでありがとうございます」

花守が礼を言うと、熊谷は顔の前で厚ぼったい手を振った。

「敷島さんの頼みではね。それに、貴方のことが手紙に詳しく書かれておりましたが、立派な男だと大層褒めていましたよ」

「恐れ入ります。熊谷さんのお仕事の邪魔にならなければよいのですが」

「何、最近はたいして仕事をしていないんです」

どうぞ、と促されて花守は母屋の中に足を踏み入れた。


炉端で花守は熊谷と向き合っていた。

母屋に入るとすぐ土間で、その奥に六畳と三畳の部屋が続いている。

六畳の座敷は中央に囲炉裏が切ってあり、座敷の高い場所に神棚がまつられていた。

神棚は幅一メートル、奥行きが三十センチほどもある頑丈そうな板の上に載せられている。

板は白い布で覆われており、その端が幕のように垂れ下がっていた。

茅葺の屋根は高いが中は薄暗く、布の白さだけがぼうっと明るく見える。

「とても片づいているんですね」

花守は感心した。

部屋の中は綺麗に掃き浄《きよ》められており、どこか背筋の伸びるような雰囲気が漂っている。

「物はあるべき場所が決まっているんです。片づいていなければいい仕事はできません」

熊谷が言った。

時おり薪《まき》のはぜる鋭い音が響く。

刻一刻と形を変える炎から立ち上る白い煙が暗い天井に吸いこまれていくのを見ていると、花守は心が穏やかになっていくのを感じた。

米国での賑やかな留学生活も楽しかったが、やはりこのような静けさに心惹かれずにはいられない。

母屋の外でごうっと風の吹く音が聞こえて、引き寄せられるように囲炉裏に手をかざすと、手のひらにひりひりとした熱さを感じた。

弥吉は先ほどから祖父の背中に上着をかけてやったり、薪をくべたりして、まめまめしく世話を焼いている。

「優しいお孫さんですね」

花守は感心した。

祖父を尊敬しているのだろう。

日が落ちる前に隣の仕事場も見せてもらったのだが、弥吉は熊谷の代わりに説明を買って出た。

離れのまわりは雪に埋もれていたが、そこら中を歩きまわりながら、ここには何がある、ここでは何をするなどと実に熱心だった。

熊谷が照れたように言った。

「ついこの間までは、悪い仲間と遊び回って手がつけられなかったんですよ。ここに来るのも、こづかいをせびりに来るだけでしたが、ようやく落ち着いてきたようです」

「お客さんの前でやめてください」

慌てた弥吉に、熊谷が笑いながら言った。

「こいつは指物師になりたいというんですよ。今まで一度もそんな素振りを見せなかったのが――」

「おじいさんの跡を継ぐわけですね」

花守がそう言うと、弥吉が畏《かしこ》まって言った。

「自分でも不思議なんですが――最近になって師匠のようになりたいと思ったんです。お客さんに喜んでもらえる道具を作りたいって」

弥吉は株屋で働いているという。

今は休みの日だけここへ来ているそうだが、近いうちに店をやめ、祖父の元で仕事を教わることになっているらしい。

弟子になるなら血のつながりは忘れるといって、自ら口調も改めた。

「耕三《こうぞう》さんのようになれるかどうか分かりませんが――」

「耕三は耕三、お前はお前だ」

熊谷が力強く言った。

耕三というのは熊谷の弟子だったのだろうと、花守は見当をつけた。

「良いお弟子さんができますね」

「いつまで続きますか」

そう言いながらも熊谷の表情は嬉しそうだった。


時刻はすでに真夜中近かった。

熊谷から念願の倉城の組《くみ》ノミを見せてもらい、その他の道具ひとつひとつにまつわる挿話を夢中になって聞いているうちに、あっという間に時間が経《た》っていた。

畳の上にはいくつもの道具が並んで足の踏み場もない。

「もうお休みになりませんか」

そっと母屋に入ってきた弥吉が熊谷に声をかけた。

「これから夜具を用意しますので」

「ああ、頼む」

酒が入って顔の赤い熊谷は、機嫌は良さそうだったがさすがに疲労の色が見える。

花守も座り続けて身体が痛くなったので、土間に下りて手足を伸ばした。

「師匠。広げた道具はどうしますか」

「片づけておいてくれ。倉城の組ノミはいつも通り神棚の上だ」

熊谷は、普段は倉城の組ノミを肌身離さず持っているそうだが、夜は神棚に置いているらしい。

母屋の入り口のかんぬきをかけてしまえば、外からは誰も入ることができないのだから安全に違いない。

立ち上がった花守を見て熊谷が言った。

「背が高いとは聞いていましたが、どれほどありますかな」

「一メートル八十くらいでしょうか」

「羨ましいことですよ。私はこの通り小兵《こひょう》で」

熊谷が神棚を見上げながら言った。

「花守さんでしたら、踏み台を使わなくても手が届くでしょうなあ」

「試してみましょうか」

花守は座敷に上がると神棚に向かって手を合わせた。

それから頭上に向かって手を伸ばすと、楽々と神棚を支える板の上に届いた。

「届きましたよ」

「そりゃいい。弥吉、今夜は花守さんに頼んだらどうだい」

「いえ、俺がやります」

弥吉が強い口調ではねつけた。

花守は驚いたが、熊谷も目を丸くしている。

弥吉も己の言葉の激しさにとまどったのか、「これは俺の仕事なので……」と、口の中で言い訳しながら母屋を飛び出すと、すぐに隣の仕事場から三十センチほどの高さの踏み台を抱えて戻ってきた。

「これがないと駄目なんですから、情けないですね」

弥吉は自嘲するようにそう言うと、踏み台を神棚の下に置いたが、それには乗らず、上に向かって手を伸ばした。

「耕三さんも楽に手が届いたのに……」

弥吉の指先は、幕のように垂れた白い布にようやく届く程度である。

花守と比べて三十センチほども小さいだろうか。

この年になっても、子どもが作った雪だるまくらいの大きさしかないと、弥吉はその場を取り繕うようにおどけて言った。

倉城の組ノミは持ち運びしやすいように、一本一本を収めることのできる十の袋がついた布の上に並んでいた。

弥吉は布を丸めず、開いたままで組ノミを捧げ持ち、今度は踏み台の上に乗って神棚に置いた。

そして座敷に下りると柏手を打ち、ずいぶん長い間、手を合わせていた。

熊谷はその様子をじっと見つめていたが、「酔い覚ましだ」とつぶやいて外に出ていった。


物はあるべき場所が決まっていると言った熊谷の教え通り、弥吉はすぐに踏み台を仕事場へ返しにいった。

「熊谷さん、大丈夫かな。かなり酔ってるようだけど」

戻ってきた弥吉に、花守は話しかけた。

「いつものことですよ。師匠はお酒が入ると、家のまわりをぶらぶらするのが好きなんです。夏でも冬でもおかまいなしで。いつだったか、吹雪の晩も外に出ようとするから慌てて止めたことがありました」

弥吉の呆れたような口調に、花守は思わず笑ってしまった。

「——花守さんに道具をお見せしたほうがいいと、師匠に言ったのは俺なんです」

弥吉が道具を片づけながら言った。

「師匠は面白い話をたくさん知ってますし、それを聞かせてあげれば喜んでもらえるんじゃないかと思いました。ここに泊まっていただけるなら、俺がお世話できます。お店に頼んで、今日明日とお休みをいただいてきたんですよ」

「どうしてそこまで——」

訊ねると弥吉の顔が曇った。

そしてしばらく考えこんでいたが、思い切ったように口を開いた。

「先年の大洪水で——向島はすっかりやられてしまいました。別宅や別荘を構えていた人たちは、みんなここから逃げ出して山の手に移ったんです」

おかげで熊谷の仕事はめっきり減ってしまった。

仕事場でぼうっとしていることの多くなった熊谷に、弥吉は言ったという。

「もっと人に知られるように手を打ったほうがいいんじゃないかと——」

案の定、熊谷は、職人がぺらぺらと腕自慢をするのは感心しないし、作った道具がすべてだと言ったが、仕事が来ないのではどうしようもない。

いい仕事がしたい――それだけが熊谷の望みなのだ。

弥吉が言った。

「このところ敷島さんからの注文はありませんが、以前は大変お世話になったそうです。良いお客さんも数多く紹介していただいたと聞きました。それで――」

なるほど、と花守は合点《がてん》がいった。

敷島が贔屓《ひいき》にしている花守の願いを叶えてやることで、再び道具を注文してもらえるようになるのではないか、そうでなくても良い客筋につながるのではないかと考えたのだろう。

「君の期待にこたえられるかどうか分からないけれど、敷島さんにお話ししてみるよ」

「ありがとうございます」

弥吉は勢いよく頭を下げたが、すぐにぱっと顔を上げると言った。

「お礼というわけではありませんが、明け方に川のそばまで行ってみてください。寒いですが、眺めがとてもいいんです」

「是非そうさせてもらうよ」

弥吉が入り口に目をやった。

「そろそろ師匠を迎えに行かないと――」

まだ片付けの終わらない弥吉が外に出ていこうとしたので、花守は片手でそれを制した。

「僕が行こう」

弥吉はためらっていたが、「それではお願いします」と言って再び頭を下げた。

「お酒が入ってぶらぶらしているときの師匠はとても機嫌がいいんです。もっと面白い話を聞かせてくれるかもしれませんから、水を向けるといいですよ」

礼を言って、花守は外に出た。

途端、刺すような冷気に身をすくめる。

見上げれば、夜空に星が瞬《またた》いていた。

川べりのせいか、いつもより星の数が多いように感じる。

細く開いた母屋の扉からもれる灯りが伸びたその先に熊谷が立っていた。

ぎちぎちと雪を踏む音を立てて近づくと、熊谷が振り返った。

「今日は本当にありがとうございました」

「何、たいしたことじゃありません。私も楽しかった」

熊谷が仕事場に目を向けた。

「――耕三というのは私の弟子でしてね。私もずいぶん期待をかけていました。ですが、親元に帰ってしまいまして」

耕三は親の反対を押し切って熊谷に弟子入りしたそうだが、最近の熊谷の様子を見た彼の両親が、ここにいても先の見こみがないと言って連れ戻した。

昨年の年の暮れのことだという。

ちょうどその頃、耕三と入れ替わるように、孫の弥吉が指物に興味を示した。

「耕三の親の言うことはもっともなんでしょう。弥吉にこの仕事を継がせていいのかどうか、私にも分かりません」

世は好景気に沸いており、もっと楽に大金を稼ぐ方法はいくらでもあるはずだった。

向島に別宅や別荘を構えた政財界の大物たちから贔屓にされて、思うさま腕をふるってきた熊谷も、洪水以降は注文が減り、華やかな時代は終わろうとしていた。

弥吉の父親はずっと前に亡くなり、熊谷の娘である弥吉の母親がひとりで息子を育ててきた。すでに亡くなった熊谷の妻に似て娘はひっそりとした女で、弥吉のやることにあれこれ口を出さない。

孫を跡継ぎにと、以前から考えないわけではなかったが、これまで弥吉は見向きもしなかった。

それが突然、指物師になりたいと言い出したのだ。

「弥吉は、自分のせいで耕三が出ていったのではないかと思っているのかもしれませんな。自分がいなければ、耕三は思いとどまってくれたのではないかと」

「それは考え過ぎでしょう」

熊谷は何も言わず、足元の水仙に手を伸ばした。

降り積もった雪が滑り落ちて、黄の花が首を揺らした。

熊谷は水仙の雪を払いのけながら言った。

「倉城の組ノミを、私は〝水仙〟と呼んでいるんですよ。姿形がこの葉のようにまっすぐで厳しいのに、どこか華やかなものですから」

「いい名前ですね」

「いずれ、弥吉が一人前になったら譲ってやろうと思います。そう言ったら喜んでいましたよ」

熊谷の声に優しさがにじんだ。

花守と熊谷が戻ろうとすると、ちょうど弥吉が母屋に二人分の夜具を運び入れようとしているところだった。

花守は遠慮する弥吉を手伝い、奥の三畳間に熊谷の夜具を、座敷には花守の分を敷いた。

弥吉は仕事場で寝るという。

「夜具は仕事場に置いているのかい」

花守が訊ねると、弥吉は申し訳なさそうに答えた。

久しく客を迎えていなかった熊谷は、花守のための夜具を「みずとり」から借りたのだという。

弥吉がソリで運んでいたのがそれだったのだ。

「昨日までは花好きの団体客が泊まっていたとかで、布団は貸せないと言われたんですが、ちょうど間に合いました」

花守と熊谷が道具を挟んで話をしている間、弥吉は姿を見せなかったが、仕事場で夜具の襟のつけ直しをしていたという。

借りた夜具を汚さないようにするためであり、ついでだからと祖父の夜具の手入れもしていた。

弟子は師匠の身の回りの世話も修業のうちである。

「もっと早くにすませておけばよかったんですが――」

向島には休みの日しか来ることができないので、今日の今日になったという。

ずいぶんと手間をかけさせたものだと、花守はすっかり恐縮してしまった。

翌朝のことである。

夜も明けきらぬうちに床を抜け出すと、花守はかんぬきを外して母屋を出た。

昨夜、弥吉から教わった景色を見るためである。

目を覚ました熊谷に声をかけられたので、「川を見に行ってきます」と答えると、「お気をつけて」という返事があった。

すぐ隣の仕事場でも、弥吉が起き出したようで、物音が聞こえていた。

川べりはすぐそこだった。

白い息を吐きながら雪の上でしばらく足踏みをしていると、空がようやく白み始めた。

足元で川は穏やかに流れている。

黒々とした川向こうが少しずつ明るくなって、対岸の町がゆっくりと目を覚ましつつあった。

三十分ばかりそうしていただろうか。

清浄な朝の空気を思うさま吸いこんだ花守が母屋に戻ると騒ぎが起きていた。

「倉城の組ノミがないんです」

弥吉が青くなって言った。

朝一番に神棚に手を合わせ、仕事場から持ってきた踏み台に乗って組ノミを下ろそうとしたのだが、見つからないという。

それから皆で手分けして母屋中を捜したのだが、狭い家のどこにもない。

むろん仕事場にもなかった。

周辺も見て回ったが、ついている足跡といえば、母屋と仕事場のまわりにある三人の足跡と、母屋と川べりを行き来した花守の足跡だけである。

三人は母屋の囲炉裏に集まってうなだれた。

状況がはっきりするにつれて、花守は非常にまずい立場に立たされたことに気づかないわけにはいかなかった。

倉城の組ノミは盗まれたのだ。

昨夜、花守は弥吉が組ノミを神棚に上げたのを見ている。

その後、花守は熊谷を迎えにいくため母屋を出たので、弥吉はひとり残されたが、踏み台はすぐ仕事場に戻していたから神棚には手が届かない。

三十センチも高い場所では、跳ね上がったとしても触れることさえできないはずである。

花守と熊谷は母屋の外に出ていたが、そう遠く離れていたわけではないし、雪の上を歩くと音がしたから、弥吉が仕事場に行けば気づいただろう。

母屋の中に踏み台の代わりになるものはなかった。

何しろ夜具すらなかったのだ。

花守と熊谷が寝入った後に、弥吉が踏み台を持って母屋に入ろうとしても、中からかんぬきをかけられているから入ることはできない。

また、神棚に手が届かないのは熊谷も同じだった。

花守が眠っている間に仕事場へ踏み台を取りにいくというのも考えにくいし、第一、そんなことをしたら弥吉が目を覚ますだろう。

何より二人には盗み出す理由がなかった。

熊谷は組ノミの持ち主で、弥吉はいずれ譲り受ける立場なのだ。

機会もなければ動機もない。

だが、花守は違う。

踏み台なしで神棚に手が届くのは、熊谷と弥吉の前で証明済みである。

熊谷が寝入った後、神棚から組ノミを下ろし、かんぬきを外して母屋を出た後、雪の下に埋めたとでも考えるのが自然である。

おまけに倉城の道具に強い興味を持っていて、わざわざ向島に泊まりがけで出かけてきたくらいだから動機もある。

誰がどう見ても犯人は花守だった。

冬だというのに冷や汗が流れた。


「みずとり」の主人である郷家に相談してくると言って、熊谷が出ていったのは三十分ほど前である。

弥吉は花守と視線を合わせるのを恐れるように、母屋と仕事場を行き来して、何やら忙しく立ち働いていた。

たとえ花守をひとりにしたところで、身元は割れているのだから逃げることはできないのだが、ちらちらとこちらを見ているのが分かる。

熊谷は警察に連絡しているのだろう、と花守は思った。

料理旅館ならば電話があるだろうし、そうでなくても商売柄、日に一度は警察官が立ち寄るはずだった。

何度目になるか分からないため息をついたとき、熊谷が帰ってきた物音がした。

だがひとりではなかった。

「この方が話を聞いてくださるそうで……」

そう言って振り返った熊谷の後から、ひとりの男が現れた。

年回りは花守と同じくらいだろうか。

立ち姿はすらりとしていて、色は白く、切れ長の目でこちらを見ている。

「この人は――」

弥吉もおずおずと母屋の中に入ってきて訊ねた。

「『みずとり』のお客さんなんだが、このお人なら、うまく厄介事を解決してくださるんじゃないかと、郷家さんがおっしゃってな。郷家さんも以前、助けていただいたそうで――」

そう言いながらも熊谷の顔は困惑している。

世話になっている郷家に薦められたものの、果たして見ず知らずの男に相談していいものか――そう考えているのが伝わってくる。

だが、そんな熊谷の様子に頓着した様子もなく、男は静かな声で言った。

「白菊芳史《しらぎくよしふみ》と申します。先ほど熊谷さんからお話をうかがいました。微力ながら、お力になれるかもしれません」

「家中を捜したのですが見つからないのです」

「誰かが持ち出したというわけですね」

「それがよく分からなくて……」

熊谷は歯切れが悪い。

「あちらが組ノミを上げていた神棚ですか」

そう言って白菊はしばらくの間、じっと神棚を見ていたが、やがて熊谷に視線を移した。

「皆さんからお話をうかがわせていただいてもよろしいですか」

「そりゃ構いませんが……」

「郷家さんのお話だと、お隣は仕事場だとか。そちらを使わせてください。それではおひとりずつお願いします」

ひとり決めして、白菊はさっさと仕事場に入ってしまった。

何とも奇妙な状況だが、今朝からの騒ぎのせいで気持が麻痺《まひ》しているのか、不思議な男の存在もそれほどおかしなものではないように思えてくる。

残された三人は顔を見合わせたが、熊谷、弥吉、花守の順で話をすることに決めた。

花守の番になった。

昨日からの出来事を一通り話し終えると、白菊はうっすらと微笑んで、「それでは貴方が犯人というわけですか」と言った。

確かにその通りなのだ。

昨夜、この離れには三人の人間がいた。

ひとりは盗まれた組ノミの持ち主である熊谷、もうひとりはそれを譲り受けることになっていた弥吉、そして花守である。

指物師本人とその後継者である孫に道具を盗む理由はない。

離れの周囲には雪が降り積もり、外からやって来た人間の足跡はなかった。

花守は背を畳むほどのため息をついた。

「君の言う通りですが、僕は本当に盗んでいないんです」

だが、白菊はそれに答えず、仕事場の隅に置かれていた白い布をじっと見ている。

花守はどこかでそれを見たような気がしたが、すぐには思い出せなかった。

「まわりの足跡を見てみましょうか」

白菊がそう言ったので、二人は揃って仕事場の外に出ると、雪の上の足跡を確かめた。

隅田川に向かって伸びているのは、もちろん花守のものである。

「弥吉さんに薦められて景色を見にきただけなんですよ」

花守の言葉を聞いているのかいないのか、白菊は花守のかたわらを見つめている。

彼が何を見ているかはすぐに分かった。

離れから隅田川に向かって、数え切れないほどの水仙が咲いている。

雪の綿帽子をかぶった水仙は重たそうに頭を垂れていた。

見渡す限り一面の雪景色の中で、冬花の白眉である水仙は、鮮やかな黄の帯を打ち広げたように見える。

白菊の精と見紛うほど美しい男が、高雅なたたずまいの水仙に見入っている様は絵そのものだったが、彼を見ているうちに、花守はふいに胸の痛みを覚えた。

——何故、ここにいるんだろう
そんな声が聞こえた気がした。

——ここで何をすればいいんだろう
声は幼子のようにとまどっていた。

胸の痛みは哀しみだと気づいたとき、目の前の男が、どれほど手を伸ばしても届かない場所に立っているように感じた。

その瞬間、花守は分かった。

彼はひとりなのだ。

その姿が雪の中に消えていきそうで、花守は思わず手を伸ばしかけた。

白菊が怪訝《けげん》な顔で花守を見ている。

上げかけた手の行き場に困り、花守は慌てて訊ねた。

「その――君は花が好きなのですか」

「好きですよ」

そう言って、白菊は自嘲するような笑みを浮かべた。

「私は花に嫌われていますが」

どういうことかと口を開きかけた花守の前で、白菊が細く白い指を伸ばした。

「見てください」

白菊の指先を追って、花守は思わず息を呑んだ。

黒い水仙が咲いていた。

いや、ただの黒ではない。

漆を塗り重ねた呂色《ろいろ》よりもさらに黒い――夜そのものといっていいほどの闇の色だった。

禍々《まがまが》しいと思うと同時に、じっと見つめていると、不思議に心惹かれ、そのまま吸いこまれていきそうな気がして、花守は慌てて目をそらした。

「あんな水仙は見たことがない――」

「寄生されたんですよ」

「寄生？　――何にですか」

「招かれざる客に、です」

それは何かと訊ねる前に、白菊は言った。

「私はいったん、『みずとり』へ行ってからこちらに戻ってきますので、母屋で皆さんとお待ちいただけますか」

有無を言わさずそう言うと、白菊は雪の中を歩いていった。


「これ以上、おうかがいすることはないようです」

母屋に戻ってくると白菊はそう言った。

「先ほど、郷家さんには警察に連絡するよう頼んでおきました。向こうで警察官が待っていると思いますので——花守さん」

「はい——」

「私と一緒に来ていただけますか」

花守はため息をつくと立ち上がった。

「それから、熊谷さん」

「何でしょうな」

「郷家さんからお話があるとか。お出でいただけますか」

「分かりました」

三人は連れ立って母屋を出たが、しばらく歩いたところで白菊が小さく声を上げた。何やら忘れ物をしたらしく、しきりに詫びを言いながら母屋へ戻った。

「大変失礼しました」

ややして母屋を出てきた白菊と合流すると、三人は改めて「みずとり」へ向かった。


だが、「みずとり」にやって来た花守と熊谷は、中へ入らなかった。

白菊から玄関で待つように言われたのだ。

首をかしげている二人の前で、白菊がさらに変わった指示を出した。

「立ち上がらないでください。目立たないようにそっとのぞいてください」

玄関の丸窓からは離れの様子がよく見えた。

雪の中に建つ母屋と仕事場、そしてそれらを取り囲むようにして水仙が咲いている。

「一体、何が――」

たまりかねたように訊ねた熊谷に、白菊が言った。

「大丈夫。すぐですよ」

そう言って白菊が離れに視線を向けたそのとき、弥吉が母屋から飛び出してきた。

ひどく慌てた様子で、仕事場の裏手に回ったかと思うと、今度は何かを抱えたまま母屋に駆け戻った。

呆気に取られている花守と熊谷に、白菊が鋭く言った。

「さ、戻りましょう」

急《せ》かされるままに来た道を戻り、母屋の前までやって来ると、白菊は白い指先を唇に当てた。

そして目顔で、中をのぞきこむよう促した。

母屋の入り口は開け放たれていた。

真っ先に目に入ったのは、必死な形相をした弥吉だった。

囲炉裏の手前で両手をべったりとつき、畳の上に顔を近づけるようにして並べたノミを凝視している。

それは倉城の組ノミに違いなかった。

「弥吉」

熊谷がよろめきながら土間に踏みこんだ。

続いて花守と白菊も後に続いた。

弥吉はノミの上からぱっと飛びのいたが、そのまま尻もちをついてしまった。

「お前が、——お前が盗んだのか」

熊谷がその場にくずおれた。

「弥吉さんは高名な組ノミを売りたかったのでしょう」

白菊の静かな声が響いた。

「これは私の推測ですが――弥吉さんは金に困っていたのではないでしょうか。株屋で働いているという話ですから、自分でも株を買い、損を重ねていたのかもしれません」

やがて、早急に穴を埋めなければならなくなったが、金の入る当てはない。

そんなときに目をつけたのが、祖父の持っている組ノミである。

聞けば、好事家たちが金に糸目をつけず買い漁っているという。

だが盗み出そうにも、昼は熊谷が肌身離さず持っているし、夜は母屋の中からかんぬきをかけられてしまう。

泊まった日に盗み出せば、自分が盗んだと言っているようなものである。

指物師になりたいと言ったところで、すぐに組ノミを譲り受けることができるわけもなかった。

「そんなところに現れたのが花守さんです」

この男に罪をなすりつけてやれ――弥吉は神棚のトリックを考えつくと、花守を招くよう祖父を焚きつけた。

「ですが、弥吉さんの背では神棚に手が届きません」

花守がそう言うと、白菊はふっと笑った。

「届く必要はないんですよ」

そう言って白菊は神棚に目をやった。

「見てください。幕のように布を垂らしていますね。あの布が二重だとしたらどうでしょう」

元々敷いていた布の上に、もう一枚、引っ張るだけで動くように布を重ねておくのだ。

似たような布を使い、端を揃えておけば、薄暗い母屋の中では気づかない。

そして神棚に組ノミを上げるとき、その重ねた布の上に載せるのだ。

花守はあっと小さな声を上げた。

仕事場で白菊は隅に置かれていた白い布をじっと見ていた。

どこかで見たように思ったが、あれは神棚に敷かれていた布だったのだ。

布の端を少しずつ引っ張れば、その上に載った物は当然のように引き寄せられ、手元に落ちてくる。

「昨日、弥吉さんがソリで夜具を運んでいましたね。それとまったく同じですよ」

滑らせれば、その上に載った物を動かすことができる。

小柄な弥吉であっても、幕のように垂らした布には手が届いていた。

それを摑むことさえできれば十分だったのだ。

昨夜、神棚に組ノミを上げる際に弥吉が花守の助けを断ったのは、布を引けば確実に組ノミが落ちてくるよう細工したかったからだろう。

それを止めようとして強い声が出たのをごまかすために、いかにも耕三に対してこだわりがあるような小芝居を打ったのだ。

襟のつけ直しが遅れたと称して、母屋から仕事場へ夜具を引き上げていたのも、踏み台に使ったと疑われるのを避けるためだろう。

花守と熊谷が外で話をしている間に弥吉は組ノミを手に入れた。

そして仕事場へ夜具を取りにいく際にこっそりと持ち出し、いったんは仕事場の中に隠しておき、後で雪に埋めたのだ。

足跡のことはさして気にする必要はなかった。

弥吉の足跡が仕事場のまわりにあったところで、何の不思議もないからだ。

もし雪が降って、昨日の足跡がすべて消えてしまっても、花守が組ノミを持ち出したときの足跡も消えたのだと思われるだけだし、降らなかったとしても、仕事場を見せると言って花守を連れ回し、離れの周辺に足跡をつけさせている。

おまけに、朝、川べりへ行くように誘導する念の入れようである。

まるで見ていたかのように淡々と話し続ける白菊に、花守は言った。

「ですが、君は一体どうやって——」

「雪に埋めて隠した組ノミを、弥吉さんに掘らせたか、ですね」

白菊が弥吉を見た。

「家の中で見つからなかったとすれば、隠し場所は雪の下しかありません」

辺り一面を掘り返せば見つかるはずだが、それでは時間も労力もかかる。

「このお孫さんは、根が素直な方なのでしょうね。私のささやかな嘘にあっさりと引っかかってくれたのです」

三人で「みずとり」へ行く際に、白菊は忘れ物をしたふりをして母屋に戻ると、弥吉に向かって、なぐさめるようにこのようなことを言ったのだ。

――大変に高価な組ノミを盗まれて、貴方もさぞ驚いたことだろうが、犯人はあの花守という男に違いないのだから、きっと戻ってくる。

ところで、私もああいった大工道具に詳しい知人がいるが、倉城の組ノミは柄の部分にこそ価値がある、と聞いている。

何でも特殊な木材を使用していて、雪や水に濡れると色が変わってしまい、値打ちも二束三文になるとか――。

「何を馬鹿な」

熊谷がうめいて、土間に拳を叩きつけた。

「そう、馬鹿な話です。しかし、弥吉さんは信じました」

白菊の話を聞いた弥吉は真っ青になった。

せっかく苦労して盗んだ組ノミが売れなくなってしまう。

三人が「みずとり」の中に入ったのを見届けた後、弥吉は母屋から飛び出すと、急いで組ノミを掘り出した。

そうして、柄の部分が変色していないか、必死に確かめていたのだ。

「どうして──」

花守は言った。

「君は僕を疑わなかったのですか」

問われて、白菊が目をそらしたそのときだった。

どこからか低い唸り声が聞こえてきた。

内からとも外からとも分からない、地を這うような重い声──辺りを見回して、花守はそれが弥吉の口から洩れているのに気づいた。

先ほどは畳の上に尻もちをついていたが、今は両手で喉元を押さえうずくまっている。

「どうかしたのかい」

花守が手を伸ばして近寄ろうとしたとき、白菊がそれを制した。

花守は白菊に向かって言った。

「診《み》せてくれ。僕は医者だ。専門は歯だが心得はある」

「お医者様でもどうにもできません」

白菊がきっぱりと言った。

「私がすぐに終わらせます」

どういうことだ——花守は怪しんだ。

二人の目の前で、弥吉は身体を丸めながら全身を震わせていたが、やがて糸が切れたように仰向けにどうと倒れた。

その瞬間、それが目に入った。

「何だ、あれは——」

花守は息をのんだ。

弥吉の首に何かが巻きついていた。

幾重にももつれた糸のかたまり——色合いは乾いた土の色、枯れた黄色、生乾きの白と様々である。

「植物、なのか——」

「ええ。あれは植物の蔓《つる》です」

そう言ってうなずいた白菊の横顔は苦痛に歪んでいた。

「君のほうこそ大丈夫なのか」

「私は慣れています」

「痛みは慣れるものじゃないよ」

花守がそう言うと、白菊は驚いたような顔をした。

「しかしそうは言っても——」

「君がどうして苦しんでいるのか分からないけど、痛みを和らげる方法はきっとあると思うよ」

　白菊が口元に苦笑いを浮かべた。

「優しいお医者様ですね」

「からかってる場合じゃ――」

　二人が話している間も、弥吉の首に巻きついた蔓は、生き物のようにうごめいていた。

　その様は、弥吉の身体から逃げ出そうとしているようにも、また何かを捜しているようにも見える。

　弥吉は目を閉じてぐったりしていたが、時おりその胸が大きく上下している。

「このままだとどうなる」

「死に至ります」

「何だって」

「ですから私のことは結構です。あれを鎮めるために、私はここへ来たのですから」

「鎮める？　どうやって」

「弥吉さんを傷つけずにすむ方法は二つしかありません」

「君は一体何を――」

「二つのうちのひとつですよ。私はあれを枯らします」

「枯らすって、どうやって」

分からないことが次から次へと出てくる。

だが、白菊はこれ以上、相手をしていられないと思ったのか、花守の問いには答えず座敷に上がった。

元々色の白い男だったが、今やその顔色は青ざめている。

白菊は「あれを枯らします」と言ったが、それは彼にとって苦痛の多い手段なのだろう。

拳を白くなるほど握り締めて、白菊は両膝をつくと、ゆっくり手を伸ばした。

これから何が始まるのか分からなかったが、花守は思わず白菊の腕を掴んでいた。

「待って。もうひとつの方法は何だい」

「誰にもできませんよ」

「いいから教えて」

白菊がため息をついた。

「枯らすのでなければ、ほどくのです」

花守は改めて弥吉の首に巻きついた蔓を見た。

小さな固い結び目がいくつも重なり合ってこぶのようになり、切れた蔓があちらこちらへと伸びている。

「ですが、できるわけがありません。私はあれがほどかれたのを一度も見たことがないのです」

「僕がやってみよう」

花守も座敷に上がると、弥吉の上体を持ち上げてその頭を膝の上に載せた。

白菊がかすれた声で言った。

「怖く、ないのですか……」

花守は小さく笑った。

「患者が怖かったら治療できない」

花守は左手で弥吉のあごを押さえると、威嚇《いかく》するようにうねうねと動く蔓をじっと見つめた。

「――僕は昔から器用でね」

指先に乗るような鶴を折るのは朝飯前だったし、米粒に字を書くこともお手の物だった。

お前は目がいいのだ、と死んだ父が言っていた。

目の前にあるものがちゃんと見えているから、何をすればいいのかが分かり、そして生まれつき器用だから、正しく手を動かすことができる。

歯医者になったのは家業だったからだが、花守の治療は痛くないと言われるのも、道具に工夫をこらしている以上に、どこに触れれば患者が痛いかよく見ているからともいえた。

「糸をほどくのも得意だったよ。裁縫の苦手だった姉さんにいつも感謝された」

「ですが――」

「同じことだよ。もつれた大本の部分があるんだ。そこさえ分かれば全体が緩む。後はそっとほぐしてやるだけだ」

言いながら、花守は蔓をじっと見つめ続けた。

植物が、まるで生命あるもののように動いている——異様だったが、治療と思えば心は自然と静まった。

目の前にいるのは苦しんでいる患者であり、自分はその苦しみを取り除いてやるだけなのだ。

「あった」

自分でも落ち着いていると分かる声だった。

見つけると同時に指先が動いて、花守は蔓をそっと撫でた。

途端にこぶのような結び目が緩んだ。

何故それだけでほどけるのか、花守にも分からない。

指の先に、目に見えない指があるのではないかと言われたことがあるが、もしかしたら本当にそうなのかもしれなかった。

花守は指先で蔓の先をつまむと、まっすぐに引っ張っていった。

次のこぶに引っかかると、先ほどと同じように指先で撫でる。

数回繰り返しただろうか——。

気がつくと、あれほどもつれていた蔓がすっかりほどけていた。

弥吉の首に巻きついていたときは不気味に見えたが、畳の上に置かれたそれはもはや動かず、ただの乾いた蔓でしかなかった。

花守はほっとして言った。

「思ったほど、もつれていなかったね」

「初めて見た――」

白菊は呆然としていた。

冷たいほどに整った顔立ちだと思っていたが、今の彼は子どものようにぽかんとした表情を浮かべている。

花守は笑って言った。

「これでいいのかな」

花守の声が聞こえているのかいないのか、白菊は蔓をじっと見下ろしていたが、やがてつぶやくように言った。

「苦しんでいない――」

「何がだい」

「この――植物が、です」

「君は植物の気持が分かるのかい」

白菊が横目で花守を見た。

「――信じなくてもよろしいですよ。私だとて、本当は分かっていないかもしれないのですから」

淡々とした口調ながらどことなく拗《す》ねているように感じて、花守はなだめるように言った。

「僕にもよく分からないけど」

花守は白菊の背をぽんと叩いた。

「君の顔色も良くなったし、この蔓も苦しくなかったとしたら、それで十分だよ」

白菊が花守の顔をまじまじと見た。

切れ長の目がまっすぐに花守へ向けられている。

美しくはあったが、人を突き放すような印象はすっかり薄れ、無心といってもいいほどの素直さが溢れていた。

「貴方は――」

「うん」

「誰なのでしょう」

「僕は歯科医だよ」

「そうではなくて――」

そのときガタリと音がして、そちらを見ると、熊谷が土間に手をついていた。

「弥吉は――それのせいですか。それが憑《つ》いとったせいで盗みなんぞ――」

「違います」

白菊がきっぱりと言った。

その顔には元の冷たい表情が戻っていた。

「これは罪を犯そうとする気持を好むのです。人が誰かを、騙してやろう、傷つけてやろうと思っていなければ寄生しません」

「しかし、あんな気味の悪いものが――」

白菊が薄く笑った。

「もちろん、これのせいにしてもよろしいのですよ。弥吉さんは悪くない、良くない何かが憑いていたせいで罪を犯したのだと思っても」

白菊が蔓に目をやって言った。

「何かのせいにできれば気が楽ですからね」

「君」

花守は白菊の腕を摑んだ。

白菊は冷たい目で花守を見据えていたが、やがてふっと力を抜くと視線をそらした。

「貴方には、借りがありますから――」

開け放した母屋の入り口から冷たい川風が吹きこんできて、蔓がカサカサと音を立てた。


母屋から引き上げた後、花守は白菊から詳しい話を聞かせてもらった。

「貴方には知る権利があります」

白菊はそう言った。

彼が泊まっていた「みずとり」の部屋で、花守はその名を初めて聞いた。

異客《いかく》——

「招かれざる客」の意である。

今から約六十年前、開国と同時にそれは入ってきたという。

他の生物から栄養分を吸収して生きる寄生植物だが、植物を寄主《きしゅ》とするのではない。

異客が最終的に寄生するのは人間である。

白菊が言う。

「異客の種子が発芽すると、まず花に寄生します」

異客に寄生された花は、闇そのものといっていいほどの黒に染まる。

これを漆黒化と呼ぶ。

一時的に花に寄生した異客は、次に人間の寄主を捜すことになる。

しかし、人間ならば誰でもいいというわけではない。

「異客は人の悪意を養分として生きるのです」

——これは罪を犯そうとする気持を好むのです。人が誰かを、騙してやろう、傷つけてやろうと思っていなければ寄生しません先ほど白菊はそう言っていたが、異客に寄生された花のそばにそんな人間が現れない限り異客は枯れることになる。

花は仮の宿であって、養分を得ることができないからだ。

だが、異客にとって運良く都合のいい人間が現れ、花から人間に寄主を変えることができれば生命をつなぐことができる。

そして異客が抜けた後も花は黒いまま残され、その周囲で犯罪が起きる――。

花守は大きく息を吐き出した。

途方もない話のように思えるが、弥吉の首に巻きついていた不気味な蔓を見たばかりである。

端座している白菊に向かって、花守は言った。

「質問があります」

「どうぞ」

「君はどうして異客について詳しいのですか」

「私の家は代々、植物を育てることを生業としてきました。日本に異客が入ってきたときも、すぐに相談を受けたのです」

人間に寄生する植物が在《あ》る――。

だがそれはおおっぴらにではなく、ごく一部の人間にだけ知らされた。

ただでさえ世情不安定な時期に、噂話だけが独り歩きして人々が恐慌状態に陥るのを避けるためである。

海外でも広く知られていたわけではない。

しかし、それは確かに存在していた。

そして一握りの人々の目を引き、密《ひそ》かに研究が続けられてきたのだ。

十九世紀に英国のさる著名な園芸家が異客についての研究をまとめたのが『文書』である。

美しい装丁も凝った名前もなかった。

それは華やかな園芸趣味の裏側でひっそりと語り継がれ、そして異客の流入と同時に日本へも伝わった。

白菊の家ではその『文書』を手に入れ、異客についてある程度の知識を得ることができた。

異客の種子は他の植物とさして変わらないため、開国以降、さしたる苦労もなく国内に持ちこまれてきた。

だが、人間に寄生するまでが容易ではない。

「すぐ人間に寄生できないのですか」

「必ず花を経由します。『文書』にも理由は書かれていません。ですからこれは私の考えですが、漆黒に染まった花の色と、人の心の闇が呼応するのではないでしょうか」

「悪意を持つ人間だけが寄生されるというのは本当ですか」

「漆黒化した花のそばにいても、寄生される人間とされない人間がいるのですよ」

「異客が人間に犯罪を犯させているのでは――」

白菊がふっと笑った。

「そうかもしれませんし、そうでないかもしれませんが、人は自分がしたことの責任を取らなければならないのではないでしょうか」

花守はうなずくしかなかった。

白菊が言った。

「私は国内に持ちこまれ、人間に寄生した異客を捜しています」

漆黒化した花の情報が寄せられると白菊が出向き、花に異客が留まっているかどうか確認する。

「どうやって確認するのですか」

「言葉で説明することは難しいです。ただ、分かるとしか言いようがありません」

異客がとどまっている場合は花ごと「鎮める」が、抜けていれば周囲で事件が起きていないか調べることになる。

だが今回は、水仙から異客が抜けていたものの、これといって何も起きていなかった。

そのため白菊は「みずとり」に泊まって様子を見ることにしたのだという。

白菊が花守を疑わなかったのは、水仙から異客が抜けた後に向島に現れたからだ。

「君は探偵をしているのでしょうか」

「そうとも言えるかもしれません」

見顕《みあらわ》す、という言葉がある。

異客は寄生した人間の奥深くに身を隠しているが、犯罪を犯した人間がその罪を暴かれると、たちどころに正体を現す。

これ以上、養分を得ることができないと見切った身体から逃げ出そうとして、首のまわりから蔓の形で現れるのだ。

「私はその蔓を――異客を枯らしてきました」

白菊が目を伏せて言った。

「しかし、枯らすといってもどうするのですか」

白菊が膝の上で白い手を握り締めた。

「私が触れると植物は枯れるのです」

「それはどういう――」

「言葉通りの意味です。家の者は『黒い手』と呼びます。私が触れると、すべての草花はしおれて生命を失います」

花守は言葉を失った。

人の手にそんな力があるだろうか。

だが、うつむいた白菊の顔に嘘はなかった。

「自然の理《ことわり》で枯れるならともかく、無理に枯らされると、草花は苦しみます。しかし先ほど、貴方は異客をほどきました」

顔を上げた白菊の表情が和らいでいた。

「そういった方法があると、『文書』に書かれていましたが、実際に目にしたことはありませんでした。人間にとって害ある存在とはいえ、異客はただ生きているだけです。苦しめたくはありません。ありがとうございました」

白菊が深々と頭を下げた。

*

「すぐ終わるから上で待っててくれ」

花守が治療室の扉を開けてそう言うと、白菊は小さくうなずいた。

今まさに帰ろうとしていた品のいいご夫人が、日頃のたしなみもどこへやら、立ち尽くして白菊に見惚れている。

花守は苦笑した。

恐らく次回の治療日には、あれはどちらの方かと質問責めにあうだろう。

「白菊」は彼の苗字だが、名は体を表すを地でいっている。

彼のまわりにいる人間は、誰もが彼を「白菊」と呼ぶそうだが、苗字を呼んでいるというよりは相応《ふさわ》しい仇名《あだな》だと思っているからだろう。

白衣を脱いで応接室の扉を開けると、白菊は背筋をまっすぐに伸ばして長椅子に腰かけていた。

まさに大輪の白菊といった風情《ふぜい》である。

彼と初めて会ったのは今年の初春だった。

場所は雪の向島である。

「みずとり」という料理旅館の離れで、花守はある盗難事件に巻きこまれたのだが、そこに現れたのが白菊だった。

それ以来、白菊は花守の元を訪れるようになった。

異客の話をすることもあれば、世間話で終わることもある。

自分が経験した不思議な体験について知りたい気持はあったが、かといって何もかもはっきりさせたいわけではなかった。

花守は白菊と話をするのを楽しんでいた。

だが以前、「君と話をするのは楽しいよ」と言ったところ、「貴方は誰と話をしても楽しいのでしょう」と返された。

確かにその通りで得な性分である。

「相変わらず繁盛《はんじょう》していますね」

「そうでもないよ。兄さんに回してもらった客で何とかしのいでるんだ」

「大きな看板を出せばよいのでは」

「考えておくよ」

花守は銀の茶器から紅茶を注ぐと、白菊にカップを差し出した。

午後の眠気を誘う物憂い日差しが室内に差しこんでいる。

二人はしばらくの間、黙って紅茶を飲んでいた。

白菊がカップと受け皿をテーブルに戻して言った。

「あれから向島に通われているそうですね」

「通うってほどじゃないよ。いいものを見せていただいたから、お礼にね」

「熊谷さんの元のお弟子さんが戻れるように、親御さんを説得なさったとうかがいました」

「説得したつもりはないよ」

かつて自ら熊谷に弟子入りした耕三である。

本人が指物にすっかり見切りをつけたならいいが、そうでないとしたら非常に残念だった。

「熊谷さんに僕を紹介してくれた敷島さんが、耕三さんの実家を覚えていたんだよ」

「敷島さんを通じて、熊谷さんに大量の注文を出したそうですね。しかも良い客筋ばかりからで、それを聞いた耕三さんのご両親は考えを改めたとか」

「無理なお願いをしたつもりはないよ。熊谷さんは本当に腕のいい方だから、仕事の依頼が殺到するのは当然だし。——それにしても」

花守はやや呆れて言った。

「ずいぶん詳しいね。僕にスパイでもつけているのかい」

「いろいろと手蔓はありますよ」

白菊がさらりと言った。

花守は空いたカップに、再び紅茶を注いでやった。

「君だって、あの後どうなったか気になるだろう」

「なりませんね」

「どうして」

「どうしてって——」

白菊が口ごもった。

「犯人が分かればおしまいでしょう。それ以上、何をするんですか」

「残された人が可哀想じゃないか」

白菊が推理した通り、弥吉は店に内緒で株の売り買いをし、大損をしていたことが後で分かった。

「弥吉さんは自業自得でも、騙された熊谷さんはお辛いに決まってる」

「だから、元の弟子を連れ戻したのですか」

「余計なお世話だったかもしれないけど」

「貴方は危うく濡れ衣を着せられるところだったんですよ」

「あのときは君のおかげで助かったよ。ありがとう」

花守が礼を言うと、白菊が眉根を寄せた。

「相変わらず変わった方ですね」

「そうかな」

花守は笑った。

近寄りがたい雰囲気を漂わせている白菊が、時おり幼子でもあるかのように、素直な表情を浮かべるのが可笑《おか》しかった。

「水仙は雪中花とも呼ぶだろう?」

「ええ」

「熊谷さんは、倉城さんの組ノミに『水仙』と名づけていてね」

水仙を見ていると、あれほど寒さの厳しい時期にさえ美しい花を咲かせることができるのだから、何があっても大丈夫なのではないかと思えてくる。

白菊がため息をついた。

「花はただ咲いているだけです」

「分かってるよ」

白菊の精のような彼が、花の気持を代弁しているようだった。

だがそれでも花守は思わずにいられなかった。

花の美しさに心を重ねて——

人は想いを託すのだ。

第二話
菫【すみれ】
ink
DRAWING
美肌水

魔法のような「インク消し液」が現れた。

万年筆の文字を跡かたなく消してしまうというのだ。

小切手詐欺《さぎ》にはもってこいの道具で、帝都の金融機関は恐慌状態に陥った。

事の発端は、商店が振り出した小切手の金額を書き替えて現金を詐取する事件が立て続けに起きたことだった。

たとえば、小切手に書かれた七十五円という数字をこのインク消し液で消し、好きな数字を書けば大金が手に入る。

だが、どんな化学的作用をもって変造されたのか、小切手には改ざんの跡が認められず、専門家が見ても本物にしか見えない。

捜査当局は頭を抱えてしまった。

＊

花守啓介《はなもりけいすけ》が築地川《つきじがわ》沿いに建つ農商務省を訪れたのは、川を挟んだ海軍大学校構内の桜がすっかり葉桜となった頃だった。

白菊芳史《しらぎくよしふみ》は週に一度、情報収集と報告のためにここへ通っているという。

薄暗い廊下を、白菊に連れられて辿り着いた先に「園芸調査所長室」という札の掛けられた扉があった。

「ここかい」

「ええ――」

扉を叩こうとした白菊が、拳を握りしめたまま腕を下ろしてしまった。

その美しい横顔が緊張している。

「中にいる人、そんなに怖いのかい」

「そうではありませんが――」

白菊がうつむいた。

「お連れしたのは私ですが、貴方を巻きこんで良かったのかまだ迷っているのです」

「ここまで来てそんなことは言いっこなしだよ」

花守は代わりに扉を叩いた。

「君が花守君ですか」

中に入ると、温和そうな紳士が立ち上がった。

年の頃は三十代の半《なか》ばだろうか、小柄ながら日に焼けた顔は引き締まって俊敏な印象を受ける。

花守は一目で好意を抱いた。

「花守啓介です。新富町《しんとみちょう》で歯科医をしています」

「農商務省園芸調査所長の西脇《にしわき》です」

欧州戦争が勃発《ぼっぱつ》して以降、独逸《ドイツ》が戦場となったため薬品の輸入が途絶し、国産の薬品製造が急務となった。

注目を浴びたのは薬草である。

農商務省でも薬草の栽培研究にあたらせるため、園芸調査所を設立したのだという。

「白菊君からお話は聞いていました。お会いできて嬉しいですよ」

「こちらこそ」

差し出された手を握った花守は、西脇の手が岩のようにごつごつしているのを見て驚いた。

西脇が笑って言った。

「年がら年中、土いじりをしていればこうなりますよ」

「現場に出ていらっしゃるのですか」

訊ねた花守に、西脇が首を振った。

「できればそうしたいところですが、僕はもっぱら省内で会議をしたり、書類を作ったりしています。実につまらないですよ」

口元を押さえて笑いをこらえた白菊を見て、花守は内心驚いた。

常に他人と距離を置いて見える白菊だったが、これだけ素直に感情を表すとなると、西脇をずいぶん信頼しているのだろう。

「また白菊君に笑われてしまったな」

「西脇さんはご自宅に二千坪の庭園をお持ちなんです」

西脇庭園は牛込区《うしごめく》の陸軍中央幼年学校のそばにある。

カラタチの垣根で囲われている園内には、園丁用の小屋や陳列室に加えて播種床《はしゅどこ》、用土置き場等が設置されており、以前訪れた白菊の話では、園芸用の鉢が「数えきれないほど」あったという。

「手入れが大変でしょう」

「手間はかかりますが、大変とは感じません。私は子どもの頃から庭いじりが好きでしてね。

意に添わぬこともすべてが喜びです」

　西脇は胸を張ったが、すぐに肩を落とした。

「そうは言っても金がかかります」

　西脇庭園では様々な方法で資金を集めているという。

「たとえば植物の愛好団体に貸し切りで庭を開放しているんですよ」

「というとフロラ会のような――」

「ご存じでしたか」

　花守は以前、向島《むこうじま》の料理旅館で偶然その名を見かけたのだが、不思議と印象に残って、その後どんな団体なのか調べていた。

「会員は名士ばかりとか」

　その通り、と西脇がうなずいた。

「別名『金持倶楽部《くらぶ》』と呼ばれています。会員の皆さんがいらっしゃった日には、出資者になっていただけないかと、片端から声をかけているんですよ」

　その他にも、季節ごとに咲いた花を贈るといった諸々《もろもろ》の条件で出資者を募っているという。

　だが先日、ある大口の出資者が詐欺に遭い、資金繰りが苦しくなったとかで断りを入れてきた。

「そら、お二人も新聞で目にしていませんか。紙幣《しへい》を刷ることができる機械とやらを売りつける詐欺です」

詐欺の手口は非常に単純なものだった。

犯人は地方に住む素封家《そほうか》に「うまい儲け話がある」と近づいて親しくなり、物見遊山《ゆさん》と称して東京に呼び出す。

そこで「これは紙幣を刷ることができる機械で作ったものだ」と言って、本物の紙幣を渡し、実際に使わせるのだ。

素封家は問題なく使用できることに驚き、その機械を購入する契約を結ぶ。

これまで広範に詐欺が行われていたが、表沙汰にならなかったのは、被害者自身も犯罪に加担しようとしていたからだ。

事の重大さに怯えた被害者が警察に相談したことからようやく明るみに出たが、犯人はいまだに捕まっていないという。

西脇が大きなため息をついた。

「私の出資者の中で、そんな嘘に引っかかる人間がいるとは――」

「犯人はよほど口がうまかったのでしょうね。詐欺師は誠実そうな人間が多いといいますから」

花守はなぐさめるように言った。

「このままでは以前の持ち主のように、私も庭を手放さなくてはならないかもしれません」

「そんな――」

眉をひそめた白菊を見て、西脇は気を取り直したように言った。

「失礼。私のことばかりお話ししてしまいましたね。立ち話も何ですから、そちらにお座りください」

所長室は二十畳ほどの広さで、西脇の座っていた机の背後にある大きな窓から午後の明るい日差しが差しこんでいる。

大理石で作られた楕円形《だえんけい》のテーブルのまわりにビロード色の長椅子が二つ置かれていた。

花守は白菊と並んで腰かけ、西脇がその正面に座った。

テーブルの上には、ガラス瓶に活《い》けたすみれの花が薄紫の頭《こうべ》を垂れている。

ややして坊主頭の少年がお茶を運んできた。

「これは私どもの農事試験場で作ったお茶です。是非飲んでください」

一口飲んで、花守は目をみはった。

「美味《おい》しいですね」

「自慢の出来なんですよ」

西脇が鼻を高くした。

「後ほどお土産に差し上げましょう。身体にもいいですから、朝夕に飲むといいですね」

西脇の熱意に押されつつも礼を述べた花守は、ふと隣を見てぎょっとした。

一体何をしているのか、白菊がしきりに湯呑茶碗の上で人差し指をくるくる回しているのだ。

見慣れているのか西脇はまったく気にしていないようだが、絵に描いたような美男の子どもじみた仕草はひどく奇異な印象を受ける。

少年が姿を消すと、西脇がすぐに話を切り出したので、花守は白菊から目をもぎ離した。

「わざわざお出《い》でいただいたのは他でもありません。異客《いかく》のことです」

今から六十年ほど前のことである。

開国後の日本にある寄生植物が持ちこまれた。

だが、植物に寄生するのではない。

寄主《きしゅ》は人間であった。

しかも悪意を持つ人間にのみ寄生する。

誰かを傷つけよう、騙してやろうとする思いを糧《かて》にして、この植物は命をつなぐのだ。

「向島の一件は白菊君から詳しく聞きました」

「お役に立てたなら嬉しいのですが」

「もちろんですよ」

「農商務省が関わっているとは驚きました」

花守がそう言うと西脇がうなずいた。

「まるで御伽噺《おとぎばなし》ですからね。植物が人間に寄生するなど――しかも人の悪意を養分にするときている」

「省内では広く知られているのでしょうか」

いいえ、と西脇が首を振った。

「限られた人間のみです」

もともと農商務省は感染症対策のために警視庁と密に連携している。

その関係で、東京市内を巡回している警察官が漆黒化した花を見つけると、農商務省に連絡が入るのだ。

「白菊君は農商務省の嘱託《しょくたく》として異客の対応にあたってもらっています」

「彼の他にも誰かいるのですか」

「白菊君ひとりです」

花守は思わずかたわらに目をやったが、白菊は微動だにしない。

それが当然だと――ひとりで背負うのが当たり前だと思っているのだろうが、その強さが、花守には哀しく感じられた。

西脇が言った。

「異客の性質を考えると、これが公《おおやけ》になれば大きな騒ぎになることは間違いありません。人間に憑《つ》いて人殺しをさせる――などといった風説が流れる可能性もあります」

大いにありうる話だった。

白菊から異客の話を聞いたとき、花守も同じように考えたのだ。

西脇が力をこめて言った。

「ですから、異客を知る人間はごく少数にしておきたいのです」

「だったら何故、部外者にそんな話をしているんですか」

突然、扉が開いて、ひとりの男が入ってきた。

現れたのは、こちらも三十代の半ばだろうか、眼鏡の奥から細い目を光らせた、いかにも能吏《のうり》といった雰囲気の男である。

西脇が笑いながら言った。

「やあ、これは。立ち聞きですか、北芝《きたしば》さん」

「貴方の声が大きすぎるんですよ。扉の外でも丸聞こえです」

北芝と呼ばれた男は長椅子の横までやって来ると、冷たい目で花守を見据えた。

「農商務省参事官の北芝です」

「北芝さん、どうぞ」

張り詰めた雰囲気の北芝に頓着せず、西脇は腰を浮かせて隣を空けると、手のひらで長椅子の上を軽く叩いた。

北芝は西脇を睨みつけたが、無言で腰を下ろした。

改めて自己紹介しようとした花守を遮るようにして北芝が言った。

「私も白菊君の報告書を読みました。何でも特殊な能力をお持ちだとか」

「職業柄、器用なほうだとは思っていますが」

「器用、ね」

北芝が白菊に視線を向けて言った。

「このところ、嘱託としての規則を疎《おろそ》かにしてはいませんか。犯人以外の人間の前で異客が現れないようお願いしているはずですが」

「向島の――あの場合は仕方ありませんでした」

「今回は目撃者が犯人の身内でしたから口止めは難しくありませんでした。身内の恥に関わることなど吹聴したくはないでしょうからね」

しかし、と北芝は続けた。

「あの老人が『流言飛語《りゅうげんひご》』を流さないように、警察にもそれとなく監視してもらっています。余計な手間を増やさないでいただきたい」

「申し訳ありませんでした」

白菊を見る北芝の目が鋭さを増した。

「異客は不要の存在です。片端から処分すればいい」

「花守さんのお力をお借りできれば、異客は速やかに無害化できます」

「貴方がいれば問題ないはずです、白菊君。貴方のその手があれば――」

北芝の視線から逃れるように、白菊は両手を握り締めてうつむいた。

「黒い手」と呼ばれる彼の手が触れると、植物はすべて枯れてしまうという。

「――異客も生き物です。無理に枯らしたくはありません」

「あんなものに配慮する必要があるのですか」

「前にもご説明したと思いますが」

西脇がため息をつきながら言った。

「白菊君は植物の気持が分かるんですよ。強制的に枯らされるとき、異客はひどく苦しむそうです。彼は毎回、それを目《ま》の当たりにしているんですよ」

「それが彼の仕事でしょう」

北芝が言い放った。

「とにかく私は反対です。ここ最近、異客に寄生される事例が頻発《ひんぱつ》しています。このような時期に部外者を関わらせるべきではありません」

花守に向き直ると、北芝は続けた。

「民間人を巻きこむわけにはいかないのですよ。――花守さんとおっしゃいましたか。どうぞ今回の一件はお忘れください。貴方だとてこのような気味の悪いものに関わりたくはないでしょう」

「意外ですね。驚きました」

花守がそう言うと、北芝が面食らった顔をした。

「……は？」

「こう言ったら失礼かもしれませんが、北芝さんは異客のような存在を頭から否定するように見えるんです」

北芝が眉根を寄せた。

「私は実際に異客を見たことがあります」

「それでもですよ」

花守は笑顔で言った。

「理解できないものは、現実に存在しても見ないふりをする人はたくさんいますよ。自分には扱いきれないから無かったことにしてしまうんです。でも、北芝さんは違うんですね。僕はそんなふうに思考の柔軟な人が好きです」

絶句した北芝の隣で、西脇が嬉しそうに手を打った。

「これは驚きましたね。北芝さんを黙らせた人は初めて見ましたよ」

「馬鹿馬鹿しい」

北芝は憤然と席を立った。

「よろしいですね。この件には今後一切関わらないこと、そして他言《たごん》無用です」

荒々しく扉を閉めて北芝は部屋を出ていった。

「――あの鉄面皮《び》が」

そうつぶやくと、西脇はしばらくの間、肩を震わせて笑っていた。

「何かまずいことを言ったでしょうか」

「そんなことはありませんよ、花守さん。貴方は大層面白い方だ。僕としては是非、貴方にお力添えいただきたいと思っています」

「北芝さんは大反対のようでしたが」

「あの人は頭が固くて融通《ゆうずう》がきかない上に選良思想の塊《かたまり》ですからね。――それなのに貴方ときたら」

再び、西脇は噴き出した。

「彼のことを思考が柔軟などとおっしゃるのですから――。生まれて初めて言われたのではないでしょうか」

よほど可笑《おか》しかったのか、西脇はしばらくの間、笑っていた。

「ま、黙っていれば分かりませんよ。北芝さんは現場に出ませんからね。上でああだこうだと言っているだけです」

「西脇さんにご迷惑がかかるのでは」

「この件が公になれば、そうでしょうね。機密のほうがかえって扱いが楽なのですよ。秘密があると分かっているなら、ただそれを厳重に守ればいい。ですが異客は違います。存在することも知られたくない――無かったことにしたいのです。この大正の世に、まるで御伽噺か狐狸《こり》妖怪譚《ようかいたん》のようですからね。国中が必死になって上を、先を目指しているときに、北芝さんのような頭の固い官僚から苦々しく思われるのも仕方ありません」

だが、それは現実に存在していた。

そして人の心の隙間を狙って漆黒の花を咲かせるのだ。

「貴方は信頼できる方のようです」

ふいに西脇が真顔になった。

「口も堅いし、無用な詮索《せんさく》もなさらない」

「白菊君が僕のところに来ていたのは身辺調査のためでしたか」

花守の隣で白菊が顔を強張《こわば》らせたのを見て、西脇がなだめるような表情を浮かべた。

「お気に障《さわ》られたのなら、どうぞお許しいただきたいのですが――」

花守は肩をすくめた。

「僕は彼と紅茶を飲んで、よもやま話をしていただけですからね。僕についてのまともな報告書が書けたのかどうか、そちらのほうが心配です」

白菊がふっと笑い、西脇もまた目尻にしわを寄せた。

「貴方に接触することは白菊君たっての希望でした。彼はこれまで誰の力も借りようとしなかったんです。自分ひとりで十分だといってね。稀有《けう》な能力ゆえに重荷をひとり背負わされたようで、僕は辛く感じていました」

白菊が小さく頭を下げた。

その表情からも白菊の西脇への信頼が見て取れた。

「ですから花守さん、貴方の話をうかがって嬉しかったのですよ」

「光栄です」

「歯科医としてお忙しいとは思いますが――」

「兄の患者を回してもらっているだけですから、時間は自由になりますよ」

「これといって謝礼を差し上げるわけにもいかないのです」

「金には困っていません」

西脇が花守の顔をじっと見つめて言った。

「では、貴方がこの件に協力してくださるのはどうしてですか」

訊ねられて、花守は改めて己に問うてみた。

何故、異客になど関わろうとするのか――。

知らない世界をのぞき見る好奇心だろうか。

悪を暴き犯人を捕える面白さだろうか。

かたわらで花守を見つめている白菊と目が合うと、向島で初めて彼に会ったときの印象が思い出された。

白菊はひとり浮いているように見えた。

美貌のためもあろうが、まわりから切り離されてたったひとり、この世に存在しているようだった。

自分はどうしてここにいるのだろう——そう思いながらも、どこに行けばいいのか分からない。

放り出されて、途方に暮れているように見えた。

その後、花守は彼の置かれた立場と、不可思議な力を知った。

白菊は、本来ならば花として生まれる生命だったのかもしれなかった。

それがいかなる縁をもってか人として生まれてしまい、人間でもなく植物でもなく、どちらつかずのまま、宙に浮いたように生きているのだ。

埒《らち》もない空想で、我ながら馬鹿馬鹿しいとは思うが、花守は白菊に会うたびに胸の痛みを覚えた。

本当は、ここにいる人ではなかった——。

しかし、自分がそう思ったことを白菊には言いかねた。

ひどく傲慢な気がするし、勝手な感傷だろうからだ。

考えこんでいる花守を見て、西脇が言った。

「花守さん、だからでしょうか」

「それはどういう——」

訊ねた花守に、西脇が笑みを浮かべた。

「貴方の名は『花を守る』です。白菊君は『菊』ですからね」


農商務省を出た花守は、紙袋をかたわらに置くと両腕を突き上げ伸びをした。しかつめらしい顔をして、その場にふさわしい振る舞いをすることもできるが、やはり畏《かしこ》まった雰囲気は性《しょう》に合わない。

「それにしても、こんなにもらっていいんだろうか」

花守は西脇から手渡された紙袋に目をやった。

「西脇さんご自慢のお茶です。是非飲んでください。何しろ、あの北芝さんにも感想を訊いていましたから」

「そのとき北芝さんがどんな顔をしていたか想像がつくよ」

白菊がふっと笑った。

「いえ、ちゃんとお答えになっていましたよ。苦虫を噛み潰したようなお顔で」

「それは意外だね」

「北芝さんは農業全般に対して深い理解をお持ちです。上層部の一部と呼応して、西脇さんを園芸調査所から追い出したがっているのは困ったものですが――」

「考えが合わないようだったね」

「水と油です」

花守と白菊はどちらからともなく築地川に沿って歩き始めた。

岸辺に並ぶ柳の下はほの暗く、時おり吹く風がたっぷりと垂れた枝葉を揺らしている。

時おり、葉のこすれ合う音が波のように響いた。

「貴方は初夏のようね」

姉のあきがかつてそう言ったことがある。

長兄、あき、次兄、花守と、四人兄弟の中で紅一点の彼女は、子どもの頃から、そして嫁いだ今でも末っ子の花守を猫かわいがりしていた。

兄弟の中でも、特に花守を贔屓《ひいき》にしているあきだから大げさに言ったのかもしれないが、その言葉は素直に嬉しかったものだ。

ところで、とふいに白菊が切り出した。

「漆黒化した花が見つかりました」

農商務省でのやり取りなど忘れたかのように、彼の口調は淡々としている。

「こんないい季節にかい」

「無粋とは思いますが――」

先月のことである。

深川区《ふかがわく》の小間物店「絹《きぬ》や」で小切手詐欺が発覚した。

振り出した小切手の数字が改ざんされて、多額の現金が引き出されたのだ。

事の経緯《けいい》はこのようなものであった。

絹やは元々、半襟を扱う店だったが、当代の女主人になってから商売を広げ、装身具や身の回りの小物も売るようになった。

女主人の目が確かだったのか、瞬《またた》く間に洒落《しゃれ》た婦人たちの間で有名になり、最近では地方に強い外交員を雇って、その土地土地の名品も置いているという。

さて、事件が発覚する数日前に、「絹や」に男の声で電話があった。

そちらの店で半襟を購入したいのだが、小僧に百円紙幣を持たせるので、釣りは小切手でもらえないか――そんな内容だった。

翌日、どこにでもいるような小僧がやって来ると、主人に渡されたという書きつけ通りに半襟を買い求め、釣りとして六十円の小切手を受け取った。

その小切手が改ざんされたのである。

六十円が千円に書き替えられて、賊はまんまと千円を引き出した。

それから何日か経って、「絹や」ではたまたま現金が必要になったため、銀行に対して小切手の振り出しを請求したが、預金が不足しているとの回答があり、慌てた店の主人が確認したところ、「書いた覚えがない」千円の小切手が見つかって大騒ぎになった。

「この店の脇で漆黒化したすみれが見つかりました」

すみれは春ともなればどこででも見かける小さな花である。

万葉集の中にもその名があるので、古くから人々に親しまれてきた花なのだろう。

大正の今、すみれ色といえば合成染料で作られた鮮やかな紫色だが、やはり野に咲く薄紫色こそが見る人の心を落ち着かせる。

そのひっそりと咲く可憐な花が闇の色に染まったのだ。

「異客は小切手を改ざんした犯人に寄生したということだね」

「恐らくはそうでしょう」

小切手の改ざんは時おり新聞を賑わせており、窓口で係員に見破られるような稚拙《ちせつ》なものがほとんどだったが、今回はその巧妙さが際立っていた。

よくあるインキ消し液を使用すればその跡が残るものだが、「絹や」で振り出した小切手はどう見ても改ざんした跡が認められず、本物としか思われない。

警察で科学的な実験を行ったが、どんな薬品を使ったのか判明しなかった。

これほどまでに完璧に文字を消すことができるインキ消し液が出回ったとすれば、銀行や郵便局に及ぼす影響は甚大だった。

帝都中が戦々恐々としている中で、次の被害が発覚した。

場所は神田区《かんだく》にある文具卸商《おろししょう》「勇美屋《いさみや》」である。

こちらも手口はまったく同じで、電話がかかってきた翌日に小僧がやって来て買い物をし、釣りを小切手で受け取ったという。

「勇美屋」では今月になって預金を調べるために銀行で帳簿を見せてもらった際に詐欺が分かった。

店の主人が「書いた覚えがない」と言ったこちらの小切手も本物と寸分違《たが》わず、銀行も改ざんされたようには見えないと答えた。

「それにしても凄いね。どんな薬品を使ったんだろう」

「警視庁が農商務省工業試験所に協力を求めてきましたが、試験所の技師もいまだに突き止めることができません」

花守はため息をついた。

「そこまで完璧に改ざんされているとなると、まだ被害に気づいていない店もあるんだろうね」

「ええ。ですが、この事件が新聞に載ったことで、注意喚起にはなったようです」

日本橋区《にほんばしく》にある畳店「大和《やまと》商店」に、小僧を買い物にやるから釣りを小切手でほしいという電話がかかってきたという。

店主は何の疑いもなく承知したが、その話を耳にした出入りの商人が、それは新聞に載っていた詐欺ではないかと気づいた。

畳店はすぐ警察に届け出て、翌日、警察官が店の内外で見張っていたが、どういうわけかそのときは約束の小僧が現れなかったという。

「勘のいい犯人だね」

「ええ、残念でした」

「――で、君はどうするんだい。今回は警察が捜査しているんだろう」

「私でしたら大丈夫です」

白菊がうっすらと微笑《ほほえ》んだ。

「農商務省と警視庁の取り決めで、異客が関わっている場合は私も事件を調べることになっています」

「君が警察だと名乗るのかい」

花守は白菊の姿をまじまじと見つめた。

咲く花よりも美しい姿はこの世の俗悪な事件からはかけ離れている。

目をむいた花守の表情がよほど可笑しかったのか、白菊がふっと笑った。

「いえ、正直に名乗ります。私は真実、農商務省の嘱託ですから」

感染症の疑いがあって人の動きを調べているなどといった、もっともらしい理由をつけて話を聞くのだという。

必要があれば農商務省から発行されている身分証明書を提示するそうだが、何しろ本物だから文句のつけようがない。

「僕が手伝えることはあるかな」

花守が白菊の力になれるのは、犯人が分かったとき――つまり、異客がその姿を現したときである。

それまで花守にできることは何もないように思える。

あっさり断られるかと思ったが、あにはからんや、白菊はためらいがちに言った。

「それでしたら、今回、詐欺が発覚した店に一緒に行っていただけないでしょうか。違った視点で物事を見ることができますから、花守さんにも話を聞いていただけると大変助かります」

花守は胸を叩いた。

「もちろんだよ。君が探偵で、僕が助手だね」

「探偵小説ではありませんよ」

白菊が眉をひそめた。


翌日、二人は花守歯科医院の前で待ち合わせた。

磯の香漂う河岸《かし》づたいに歩いて霊岸島《れいがんじま》に向かい、そこから永代橋《えいたいばし》を渡って深川区佐賀町《さがちょう》の小間物店「絹や」を訪れた。

漆黒化したすみれが見つかったのは隣家との間にある路地だという。

「町中《まちなか》に漆黒化した花が現れると噂になります」

漆黒化した花から異客が抜け出して人間に寄生した後も、花は黒いままだが無害である。そのため、向島の場合のように人目の少ない場所ならば、自然に枯れるまで放っておくという。

だが今回は、これ以上、人の口に上らぬようにと、白菊が出向く前に漆黒化したすみれを引き抜かせていた。

すでに事件が起きていたため、異客が抜けた後だと判断して、「処分」を警察に任せたという。

白菊がうつむいたまま言った。

「偽善だとお思いになるでしょうね」

向島で、白菊は異客を「鎮める」と言っていた。

それが枯らすことであっても、彼はそうは言いたくないのだ。

白菊は草花の気持が分かるという。

そんな彼にとって、邪魔だから処分するのだとは割り切れないに違いなかった。

「何でもかんでも自分の手でやる必要はないよ」

白菊は横目で花守を見たが、それ以上、何も言わなかった。

「絹や」は木造二階建てで間口は六間《けん》ほど、ガラス張りの陳列棚には目もあやな小間物が所狭しと並んでいる。

店内は美しい装いの女性客で賑わっていたが、白菊が姿を見せた途端、水を打ったように静まり返った。

白菊がその場でもっとも年かさと見える店員に名刺を渡して用向きを伝えると、六十代と見えるその女性はじろりと二人をねめつけた。

「お約束ですね」

「いえ、ご連絡をせずに参りました」

断られるかと思ったが、女性は店の隅に立っていた少女を呼びつけると、名刺を渡して言った。

「おかみさんにお渡しするんだよ」

少女は白菊を見ると、真っ赤になって奥に駆けこんでいった。

「お役人さんたちは運が良かったですよ。今日はおかみさんがお出でになっておりますんでね」

いかめしい顔をした彼女は首を振りながらそう言った。

帳場に通されるとすぐにお茶が運ばれてきたが、白菊はまたも湯呑茶碗の上で人差し指をくるくる回している。

一体、何をしているのかと訊ねようとしたとき、のれんをくぐって大柄な女性が現れた。

「あたしが『絹や』の主人でございます」

年の頃は三十代の半ば、着物の柄は地味だが、目鼻立ちがはっきりとしていて、華やかな印象を受ける。

名は川田千恵《かわだちえ》といい、親の代からの小間物店だという。

千恵は白菊を一目見て目をみはると、「こちらはまた綺麗なお役人さんですねえ」と言って快活に笑った。

「こちらの男前も農なんとかのお役人さんですか」

花守が何と答えようか迷っていると、代わりに白菊が答えた。

「彼は違います。――後程、詳しくお話しいたしますので」

ところで、と言って白菊が切り出した。

「先日の小切手改ざんの件はとんだことでした」

水を向けると千恵が堰《せき》を切ったように話し始めた。

「ええ、ええ、まったく驚きましたよ。警察の方が何人もお見えになりましてねえ。そりゃ向こうもお仕事ですし、うちも大損害でしたから、犯人を見つけてくださらなけりゃ困りますけど、何しろうちはこんな商売ですから――お客様は家柄が良くて教養のある奥様やお嬢様ばかりなんですよ。怖い顔をした男の方がいたんじゃ、落ち着いて品定めもできませんでしょう。おまけにあの警察の連中ときたら、うちの商品を汚い手で触って」

「本当に美しい品物ばかりですね」

白菊が微笑むと、瞬時に千恵の勢いが削《そ》がれた。

笑顔ひとつで女性をなだめることができるのだから見事である。

「神田にある文房具卸店でも小切手の改ざんがあったことはお聞き及びでしょうか」

「警察の方からうかがいましたよ」

実は、と白菊が声を落とした。

「これは内密にしていただきたいのですが、そちらのお店で、感染症の疑いがある患者さんが出ました」

「感染症というとコレラ――」

「風邪のややひどいものとお考えいただければ結構です」

千恵がほっとした表情を浮かべた。

「とはいえ、農商務省としては放っておけませんので、こちらのお医者様と一緒に感染経路を調査しているのです。小切手を改ざんした犯人が大元かもしれませんし――」

千恵が笑顔になった。

「そういうことでしたら何でもお聞きになってくださいな。と言っても、警察に話したことの繰り返しになってしまいますけど」

ありがとうございます、と言って白菊が頭を下げた。

「問題の電話がかかってきたときに、お受けになったのはどなたでしょうか」

「やすといいましてね、近頃雇ったばかりの子です。最初はさだというのが出たんですよ。お役人さんたちが最初に名刺を渡した女ですけど――電話の相手がやすを出してくれと言ったらしくて」

「何故でしょうか」

「大方、要領を得なかったんでしょうよ。さだときたら、すっかり耳が遠くなってしまって。それなのに電話に出ようとするんですから」

「昔からこちらにいらっしゃる方なんですね」

「両親とも商売が忙しくて、あたしを育てたも同然ですよ。今でも口うるさいったらありゃしない」

千恵はうんざりとした口調で言ったが、その態度から彼女への愛情は見て取れる。

代わりに電話に出たやすの話では、受話器から漏れてくる声は蚊の鳴くような声だったという。

まだまだ電話を苦手とする人間も多い中、電話の受け答えに慣れているやすは、何とか相手の用件を聞き取って、千恵におうかがいを立てた。

千恵は頰に片手を当てながら眉根を寄せた。

「ですけど、妙だなんて、ちっとも思いませんでしたよ」

小僧が遣いで来ることなどしょっちゅうだし、「絹や」の店員に品物を持たせて自宅まで来てほしいと言ってくる場合もある。

「小僧さんが店に来たのはお昼前だったと思いますよ」

年の頃は十五、六、これといった特徴もなかったという。

「お役人さんたちみたいに、いい男なら忘れないんですけどねえ」

「ありがとうございます。その子について何か覚えていることはありませんか」

千恵はこめかみに人差し指を当てて、一生懸命、思い出そうとしてくれているようだった。

「さあてね――特に具合が悪いようには見えませんでしたよ」

千恵はすまなそうな顔をしたが、白菊は笑顔で礼を言った。

「大変参考になりました。お忙しい中、お時間を割いていただいてありがとうございました。さださんのお話では、なかなかお店にいらっしゃらないとか」

白菊がそう言うと、千恵の表情が一瞬固くなったが、すぐ取り繕《つくろ》うように笑った。

「事務所で帳簿も見なけりゃなりませんし――」

佐賀町にあるこの店では客に品物を売るだけで、銀行とのやり取りや契約書類の作成といった一切合切は、千恵の自宅がある隣町の今川町《いまがわちょう》で行っているという。

「兄に手伝ってもらってるんですが、なかなか手が回らなくて。兄は仕入れもやっているので、事務所にいないことも多いんです」

「繁盛《はんじょう》していらっしゃるのですね。ところで差し支えなければ、やすさんからもお話をおうかがいしたいのですが」

「呼んできますよ」

身軽く立ち上がって千恵が出ていくと、ややして帳場の外から震える声が聞こえた。

「——あのう、お待たせしました」

現れたのは先ほど、さだから名刺を受け取った若い店員だった。

年の頃は十七、八、目尻の垂れた愛らしい顔立ちをしている。

「やす、と申します」

「お忙しいところ申し訳ありません。少しお話をおうかがいしてもよろしいでしょうか」

白菊が話しかけると、やすは赤い顔で何度もうなずいた。

先ほどの千恵に対してもそうだったように、別人かと思うほど愛想がいい。

「偽物の小切手の件だとうかがいましたが……」

千恵が花守たちの用向きをざっと話してくれたという。

白菊がやすに微笑みかけた。

「例の電話の相手は、やすさんを出してほしいと頼んだそうですね。やすさんは『絹や』の電話名人と評判を取っているのでしょうか」

「そんなことはありません」

そう言ってやすは大きく首を横に振ったが、その顔は嬉しそうだった。

「電話の相手はどんな様子でしたか」

「とても小さなお声で――聞き取りにくかったです。電話が苦手なんだとおっしゃってました。そういう方、結構いらっしゃるんです。ひどく恐縮なさってましたけど――次にかかってきたときも、やっぱり小さなお声で」

「二度かかってきたのですか」

「最初お電話があったときは、店におかみさんがいらっしゃらなかったんです。それで、確認してからご連絡しますと申し上げたんですが、後で先方からお電話をくださるとのことでしたので」

「なるほど。それ以外に覚えていることはありますか」

「それ以外というと――」

「相手の方と話していて、何か変わっているなと思ったことはありませんでしたか。何でも結構ですよ」

白菊に訊ねられて、千恵がそうだったように、やすもぎゅっと目をとじて歯を食いしばり、必死に思い出そうとしていたが、やがてしょんぼりと肩を落とした。

「すみません、あたしお役に立てなくて……」

泣かんばかりの表情のやすに、白菊が優しく言った。

「お力添えいただいて本当に助かりました。ありがとうございます」

やすはぼうっとした顔で帳場を出ていった。

「君に口を開かない女性はいないだろうね」

「絹や」を出た後、花守はからかうようにそう言った。

美しい顔であれだけ優しく話しかけられたら、知っていることは何でも話そうと思うに違いない。

白菊がふいと顔を背けた。

「どうでしょうね」

「世の中、君のような顔ばかりだったら、それに慣れてしまって何とも思わなくなるのかな」

「そんなこと知りませんよ」

白菊がむっとしたまま先に立って歩いていく。

花守は急ぎ足で追いかけて白菊と並んだ。

「嬉しいね」

「何がです」

「君が思ったことを顔に出すのがだよ。君はいつも冷静で穏やかだから――さっきのお店での対応も見事だった」

「仕事ですから、相応《ふさわ》しいように振舞っているだけです」

「普段からそうだよ」

「私が泣いたり怒ったりしていれば嬉しいということですか」

「いいね。やってみたらどうだい」

笑ってそう言うと、白菊がとまどった表情を浮かべた。

「貴方という人は本当に変わっていますね」

「変わっているのは君だよ」

白菊の顔色がさっと変わった。

「それは——確かに私は——」

「どうして君、湯呑茶碗の上で指を回すんだい」

「——は？」

白菊が呆気《あっけ》に取られた。

普通の人間ならば間の抜けた顔になるだろうが、それでも美しいのはさすがである。

「何の話ですか」

「何の話って、さっきの話だよ。昨日、農商務省でお茶を出されたときもそうだった。君はずっと人差し指を回していたね」

しばらくの間、白菊は真剣に考えこんでいた。

「——言われてみればそうですが……」

「君は植物の気持が分かると言ってただろう。指を回しているときの君は、まるで茶碗の声を聞いているように見えた」

「さすがにそれは分かりません」

「一体何をしていたんだい」

「何って――私は熱いものが苦手なんです。ああすれば、少しでも冷めるかと思いまして」

今度は花守が呆気に取られる番だった。

「だって君、僕の家で紅茶を飲んでたじゃないか」

「猫舌ではないので熱いものを飲むのは平気なんです。でも触るのは駄目です。取っ手のついた茶碗は平気ですが」

「ははあ――」

花守は白菊の顔をまじまじと見つめて言った。

「君、変わってるね」

「そんなことどうだっていいでしょう」

「でも、おかしいだろう。猫舌ならぬ『猫手』とでもいうのかい」

「そんな言葉、ありませんよ。それに、反射的にそうしてしまうんです。そもそも、そんなことにこだわる貴方のほうがおかしいですよ」

「いやいや、想像してご覧よ。湯呑茶碗の上で指をくるくる回している、いい年をした男を――

――変だろう」

「放っておいてください」

　とうとう立ち止まって言い合いを続けていると、すれ違う人々が目を合わせないようにして二人を避けていく。

「――行こうか」

「そうですね」

　さすがに恥ずかしくなってその場を離れ、黙って歩いているうちに二人はどちらからともなく笑い出した。

　花守は白菊が声を出して笑っているのを、そのとき初めて見た。

　愚にもつかぬことで笑い合っていると、異客のことも、小切手詐欺の話も、どこか遠い国の出来事のように思えた。

　そう感じたのが自分だけではないといいのだがと、花守は思わずにいられなかった。


　再び永代橋を渡って、今度は日本橋区まで戻ってくると、そこから市電に乗って、二人は神田の文具卸商「勇美屋」にやって来た。

　間口は三間ほどで、腰板のついたガラス戸が入れてあり、框《かまち》には畳が敷き詰めてある。

店の中は薄暗かったが、畳の上に商品が山積みになっているところを見ると、商売はそれなりに繁盛しているらしい。

訪《おとな》いを入れると、中から疲れ切ったような表情の、五十路《いそじ》と見える女性が出てきた。

「こちらのご主人にお会いしたいのですが」

「あたしですが、どちら様で……」

名刺を差し出した白菊を見てもさほど感銘を受けた様子はなく、女性はぼそぼそと用向きを訊ねた。

白菊は深川の「絹や」で話したのとちょうど反対の説明をして、詳しく話を聞かせてもらえないだろうかと頼んだ。

「お役に立てるかどうか……」

小さな声だったが、迷惑そうな素振《そぶ》りは見せなかった。

二人が框の空《あ》いた場所に腰を下ろすと、女性がお茶を運んできた。

花守は白菊の様子をうかがっていたが、白菊は茶碗に手を伸ばそうとせず、膝の上で拳を握り締めている。

思わず笑いそうになったが、状況が状況なだけにこらえた。

女主人の名は佐藤きみといった。

十数年前に夫と死に別れてから、一人息子と二人暮らしだという。

息子も商いを手伝っているそうだが、仕入れのために出かけていることが多く、今日も留守とのことだった。

話しながらしきりに右膝をさすっているので、聞けば階段から落ちて以来、調子が悪く、最近では近くへ行くのも人力車を使っているという。

「うちは筆の良い物を取り揃えておりまして……」

きみの顔に誇らしげな表情が浮かんだ。

何でも、息子が各地を飛び回って独自の販路を開拓しているという。

「頼りがいのある息子さんですね」

「ええ、まあ……。あたしの弟が、もっと腰を据えてお得意様を回れなどと、父親代わりの説教をしてくれるんですが、なかなか家に居つかなくて……。若い者は外に手を広げたくなるものなんでしょうか……。それでもこの時節、親孝行なほうだろうと思っています」

愚痴《ぐち》を言いながらも、きみは満足そうに見えた。

「ところで、例の小切手の件でいくつかおうかがいしたいのですが」

「ええ、はい……」

「電話にお出になったのは――」

「息子で……。ずいぶん低い声で、聞き取りにくかったと言っていました」

「その日は息子さんがいらっしゃったんですね」

「ええ。それから二、三日はおりました」

そして電話があった翌日の九時過ぎに約束通り、小僧がやって来て買い物をした。

「小僧さんの様子はどんなものでしたか」

「中背で……手足のひょろひょろした……どんぐりのような目をしていて……坊主頭に親指くらいの禿《はげ》がありました」

白菊がさらさらと書き留めた。

「うちは……卸ですから、小僧さんが遣いで来るのはしょっちゅうですし、釣りを小切手で出すこともままあります」

「息子さんからもお話をうかがいたいのですが、いつ頃お戻りになるでしょうか」

「来週の月曜には戻ると言いおいていったんですが……」

きみは自信がなさそうに言った。

その頃にもう一度うかがいますと言って、二人は「勇美屋」を後にした。

花守と白菊は柳原《やなぎわら》河岸《がし》に沿ってぶらぶらと歩き始めた。

川風が吹くと、おおいかぶさるように茂っている柳の葉が重たげに揺れた。

「息子に話を聞いても、同じことの繰り返しという気がするよ」

「そうかもしれません」

「これといって参考になる話は聞けなかったね」

「参考になるかどうかは分かりませんが、興味深い話を聞くことができたと思いますよ」

「どんなことだい」

白菊が目の前をじっと見つめながら言った。

「『絹や』のさださんが、今でも女主人の千恵さんに口やかましいことだとか、『勇美屋』の息子さんはしょっちゅう出歩いているけれど親孝行だとかいったようなことです」

からかわれたのだと思ったが、白菊は真剣な顔つきで考えこんでいる。

そもそも冗談を言う男ではないのだ。

花守には近所の噂話の域を出ないように思えるが、白菊はそれがひどく気にかかっているらしい。

「いいね。それじゃ、次はどんな手を打とうか」

白菊が横目で花守を見た。

「無理をなさらなくても結構ですよ。貴方も私が訳の分からないことを言っていると考えているのでしょう」

「確かに僕にはさっぱり分からないよ。でも、君には何かが引っかかるんだろう」

「――そうです」

「だったらそれでいいじゃないか。僕は君の助手を務めると決めたんだから。助手というのは『助ける手』と書くんだよ」

花守は両手を広げて、白菊の前に突き出した。

白菊はそれをじっと見つめていたが、やがてうつむいてしまった。

「白菊──」

「貴方の手は美しいですね」

「君に言われると皮肉にしか聞こえないよ」

姿形の美しい白菊は、当然のようにその手も白く美しかった。

ふいに白菊がしゃがみこんだ。

どうしたんだい、と声をかける前に白菊が言った。

「すみれです」

見れば、足元に小さな白い花が咲いていた。

花守も膝を折り、手を伸ばして花に触れたが、白菊は拳を握り締め、決して触れようとはしなかった。

「白いから違うんじゃないか」

そう言うと白菊がふっと笑った。

「これはアリアケスミレですよ。スミレ科スミレ属で湿った場所を好みます。花の色は白色から紅白、薄紫までいろいろな種類があるんですよ」

「釈迦《しゃか》に説法だった」

「そんなことはありませんが――」

「君のように見る目がないと、色が違うというだけで違う花だと思いこんでしまうんだろうね」

その刹那《せつな》、白菊が弾かれたように顔を上げた。

「今、何と――」

「え？　――だから、色が違うというだけで――」

「……違う花」

「そう」

白菊はぼんやりとした顔ですみれを見ていたが、おもむろに立ち上がると、花守に背を向けて歩き始めた。

「白菊、待ってくれ。どうしたんだ」

花守が白菊の腕を摑むと、白菊はようやく立ち止まった。

「――本当にそう思いましたよ」

「何がだい」

「貴方の手は本当に美しいと――」

白菊が振り返った。

「貴方の手は、苦しんでいる人を助けることができる立派な美しい手です」

「それはどうも。――で、もしかして犯人が分かったのかな」

白菊が首を振った。

「いえ、それはまだ。ひとつの可能性だけです」

白菊は「絹や」と「勇美屋」の内情について詳しく知りたがった。

被害に遭った店を調べるよりも、小切手を改ざんした犯人を捜したほうがいいのではないかと花守は思ったが、白菊は「それは警察がやってくれているので」と取り合わなかった。

「まずは『絹や』からにしましょう」

それには店員から話を聞くのが一番だが、まさか店の中で店主について根掘り葉掘り聞くわけにはいかないので、向こうから出かけてきてもらうことにした。

新富町にある花守歯科医院の院長の姉が、近頃評判の「絹や」の品物を見たがっているが、口うるさい身内が近所にいて外出もままならない。

弟に会うという口実で新富町に行くので、そこへ品物を持ってきてもらえないだろうか——

——そう説明した後で、以前、知り合いがそちらにうかがったときに、やすという店員に非常に親切にしてもらったというので、是非彼女にお願いしたいとつけ加えた。

「お姉さんのお名前を使って大丈夫ですか」

白菊は心配したが、姉のあきは大の花守贔屓である。

子どもの頃から常に花守の味方だった彼女は、万が一嘘が露見しても必ず花守の味方をしてくれるはずだった。

花守が「絹や」に電話すると、先方はあっさりと承知した。

二人が「絹や」と「勇美屋」を訪れた一週間後のことである。

「まあ、先日の」

大きな風呂敷を抱えたやすは、応接室に入ってくるなり声を上げた。

花守と白菊は笑顔で彼女を出迎えた。

「荷物が重かったでしょう。ご迷惑をおかけして申し訳ありません」

白菊が声をかけると、やすはまたも顔を真っ赤にして立ち尽くした。

「私はたまたま歯の治療でこちらにうかがったのですが、やすさんがお出でになると聞いて待たせていただきました。先日のお礼を言いたかったものですから」

「そんな、ご丁寧に」

「ところでわざわざお出でいただいたのですが、急に僕の姉の都合が悪くなってしまいまして――」

花守は「申し訳ないから」と適当に品物を買い取った後、テーブルの上に華やかなカップと甘い菓子を次から次へと並べた。

そして白菊と並んでやすの前に腰かけると言った。

「これはやすさんへのお礼です。少しぐらいなら、ゆっくりしていっても大丈夫でしょう」

やすは感激して言葉も出ないようだったが、しばらくすると落ち着いてきたのか、少しずつ話ができるようになった。

白菊がさり気なく切り出した。

「お店の皆さんは親切にしてくださいますか」

「ええ、それはもちろんです」

「あの怖いおばあさんはどうですか」

やすが顔の前で何度も手を振った。

「さださんは厳しい方ですが、あの方がいらっしゃらないとお店が引き締まらないんです。おかみさんもとても頼りになさっています」

「そういえば、千恵さんは今でも小言を言われるとおっしゃっていましたよ」

「さださんはおかみさんを実の娘のように思っていらっしゃるんです。だから何でも心配になってしまうんだわ」

「あんなにしっかりした女性に心配するようなことなどあるでしょうか」

その瞬間、やすの目が泳いだ。

「ええ――本当に」

「朗らかで美しい方ですね。こちらの花守先生など、あの日から千恵さんの話ばかりなさっているんですよ」

「まあ」

聞いていないぞ、と思ったが、花守は咳払いをしてごまかした。

「でもそれでしたら、花守先生には残念なことで――」

「やはり、いい方がいらっしゃるのですね」

やすが口元に手を当てた。

「教えていただけませんか。はっきりと知っておけば、花守先生も諦めがつきますからね」

「――あたしが言ったとは言わないでくださいね」

「もちろんですよ」

白菊が花のように微笑んだ。

清らかな美貌でありながら俗な話を引き出していく話術に、花守は舌を巻いた。

「その――おかみさんのお宅は事務所も兼ねているんですが、そこで働いている『お兄さん』は本当の兄ではないんです」

男の名は岩槻《いわつき》豊雄《とよお》といった。

岩槻は、一年ほど前に、地方から買い入れを行う外交員として「絹や」に出入りするようになったが、いつの間にか千恵と親しくなった。

それまで千恵は朝から夜まで佐賀町の店におり、家には寝に帰るだけで、あらゆる仕事を店でこなしていたが、突然、今川町にある家に事務所を作ると言い出し、岩槻を経理係として雇い入れた。

そして、岩槻がいる間は佐賀町の店に顔を出さなくなってしまったのだ。

「そういえば、その方は外交員だとおっしゃっていましたね。留守にしていることも多いのでしょうか」

「ずっといるときもあれば、いないときも」

「さださんが心配なさっているのは、このことですか」

やすが小さくうなずいた。

「岩槻さんがお金の出入りを握ってしまっているとか……」

「やすさんは岩槻さんにお会いしたことがありますか」

「ありません。みんなから話を聞いただけで……」

「千恵さんがそれほど夢中になるのですから、よほど魅力的な男性なのでしょうね」

「お客様ほどではないと思います」

真顔でそう答えた後、真っ赤になったやすを見て、花守は改めて感心した。

引っこみ思案の少女にこうまで言わせるのだから流石《さすが》としかいいようがない。

それから話は別の話題になり、やがてやすは何度も頭を下げながら帰っていった。

やすを見送った後、応接室に戻ってくると、花守は紅茶を淹れ直した。

「君が聞き出したかったのは『兄』のことか」

「大切な女主人のお目付け役をしている怖いおばあさんが、ああも刺々《とげとげ》しい態度を取るとなると、大抵は男性問題でしょう」

「似合わないね」

「何がです」

「君がその顔で下世話な話をするのがだよ」

「知りませんよ、そんなことは」

白菊が呆れたように言った。

彼だとて生身の男なのだと分かっていても、神棚にでも飾っておきたいような姿を見ていると、男女の話など違和感しか覚えない。

「だが、これで何が分かるんだい。『絹や』の女主人には恋人がいるというだけのことだろう」

「何とも言えません。もう少し材料が集まらないことには――」

「ま、いつでも君のお供をするよ。――ところで、これ」

そう言って花守は取っ手の大きなティーカップを差し出した。

「君用にどうだい。そら、銀座に洋食器の店があるだろう？　そこで探してきたんだ」

白菊が顔を輝かせた。

「持ちやすそうですね」

「握力の弱いお年寄り用だそうだけど」

白菊がむせた。

「――まったく貴方という人は。人を年寄り扱いですか」

「君が熱いものは持てないというからだよ。それくらいは我慢してくれ」

「ご厚意はありがたくお受けしますよ」

白菊は肩を震わせて笑っていた。


「俺が息子の伊之吉《いのきち》で……」

週が明けて月曜に、花守と白菊が神田の「勇美屋」を訪れると、きみのひとり息子である伊之吉が戻っていた。

年の頃は三十前後だろうか、くしゃくしゃに乱れた髪に汚れた顔、古びた着物を着て背中を丸め、だらしなく座っている。

「おっかさんから話は聞いてます」

酒の飲み過ぎで声がかれているという話で、伊之吉の話は聞き取りにくかった。

「電話での相手の様子と、店に来た小僧さんについて教えていただけないでしょうか」

「そうは言っても……」

伊之吉が頭をがりがりとかいた。

「電話の男は声が低かったことくらいしか覚えてないです。小僧は中背で、手足がひょろひょろしてましたよ。どんぐり眼《まなこ》で、坊主頭に禿があったと思います」

「そうですか。ご無理を言って申し訳ありません」

「いえ……。それじゃ」

腰を上げかけた伊之吉に、白菊が話しかけた。

「伊之吉さんは地方を回りながら質の良い筆を買い集めていらっしゃるとか。並大抵のご苦労ではないでしょうね」

「別に……。たいしたことじゃありません」

伊之吉は不愛想にそう言うと、今度こそ立ち上がって部屋から出ていってしまった。

「どうもすみません」

帳場で話を聞いていたらしいきみが慌てて出てきた。

「普段はもっと気持の優しい子で……。身なりだって、いつもはしゃんとしているんです。お酒も普段はほとんど飲まないんですよ。ただ、うちの店がこんなことに巻きこまれたのがひどく嫌らしくて……」

「おっしゃる通りだと思います」

白菊は笑顔で礼を言い、二人は揃って店を出た。

「どう思いましたか」

白菊が振り返って店のほうを見ながら花守に訊ねた。

「いい年をして母親にあんな言い訳をさせるなんて情けない男じゃないか」

「いえ、そうではなくて――」

白菊がふっと笑った。

「花守さんが女性でしたら、伊之吉さんに恋をするでしょうか」

花守は目をむいた。

「本気で言ってるのかい」

「私は今、男性の魅力というものを考えているのです。どうしたら女性に好かれるだろうかということを」

「君が悩む必要はないだろう」

「その大いなる謎に比べれば、小切手の改ざんなど児戯《じぎ》に等しいのでしょうね」

まったく理解できないでいる花守をよそに、白菊の横顔はあくまで真剣だった。


その日、花守と白菊は「絹や」の女主人・川田千恵の自宅兼事務所を訪れた。

ただし、二人だけではなく、人力車を伴っての訪問である。

千恵の家は檜作《ひのきづく》りの門構えで、事務所には玄関脇の六畳間を充《あ》てているとのことだった。

訪いを入れると、すぐに返事が聞こえ、格子戸が開いた。

現れたのは、髪を綺麗に撫でつけて眼鏡をかけた洋服姿の男だった。

年の頃は二十代の後半と見えるが、落ち着いた物腰はもっと年上にも見える。

「岩槻さんでいらっしゃいますね」

「どちら様でしょうか」

白菊が名刺を差し出すと、岩槻は首をかしげて言った。

「私どもは小間物を売る商売なのですが、どういったご用件でしょうか」

「それについては川田さんにすでにお伝えしてあります。こちらへうかがう許可はいただいておりますので、お話を聞かせてもらえないでしょうか」

「それでしたら構いませんが……」

二人を招き入れようとして、岩槻は門の外の人力車に気づいた。

「あれはお二人が乗ってきた俥《くるま》ですか」

「いえ、違います。私どもは歩いてまいりました。こちらへ一緒にお出でくださった方は足がお悪いので俥に乗っていただいたのです」

白菊が人力車を振り返りながら言った。

「どうして降りないのですか」

「事情があって、しばらくああしてお待ちいただいております」

幌が大きいせいで三人のいる場所から中の人物は見えなかったが、着物の端が見えていた。

岩槻は怪訝《けげん》な表情を浮かべたが、それ以上、詮索しても仕方がないと思ったのか、先に立って家の中に入った。

足を踏み入れた六畳間には、縁側に向かって文机《ふづくえ》が置かれ、部屋の周囲には背の低い本棚が並んでいた。

仕事をする部屋というよりは、くつろぐための部屋といったほうが相応しい。

花守と白菊が座布団に腰を下ろすと、岩槻は文机の前に座った。

岩槻が落ち着き払った様子で訊ねた。

「何か話を聞きたいとのことでしたが……」

「ええ。小切手詐欺についてです」

岩槻が片眉を上げた。

「その件については大変迷惑しておりますが、農商務省の方にどんな関係があるのでしょうか」

白菊は、今度は作り話をしなかった。

「警察から依頼を受けて、農商務省工業試験所が詐欺で使用されたインク消し液の分析を行っているのです」

「ああ、それで」

岩槻が大きくうなずいた。

「突き止めることができそうですか」

「無理でしょうね」

「おやおや、情けないことをおっしゃる。警察も農商務省も白旗を挙げるのですか」

「そうではありません」

白菊が岩槻をまっすぐ見据えて言った。

「小切手の数字は書き替えられてなどいないからです」

岩槻が目を丸くした。

「何を馬鹿なことを」

「専門家がどれだけ調べても、何も出てこないのです。つまり、小切手には何ら手を加えられていないと考えたほうが筋が通ります」

「ですが、実際に現金が引き出されているんです。私どもの店は大損害を受けたんですよ。それに、神田の——何でしたか、筆か何かを扱う店も被害に遭ったのでしょう」

「おっしゃる通りです。ついでに申し上げれば、日本橋にある畳店も被害に遭うところでした」

「でしたら——」

ふいに白菊が身を乗り出した。

「そういえば、最近、貴方によく似た方とお会いしたような気がしますよ。仕事柄、様々な場所に出向くものですから、なかなか覚えきれないのですが——差し支えなければ、その眼鏡を取っていただけませんか」

白菊が白い手をのばすと、岩槻が身をそらした。

「悪ふざけもたいがいにしてください」

「失礼しました。思い出せそうで、なかなか思い出せないというのは、気持が悪いですね」

白菊はあっさりと引き下がった。

「ところで、小切手はとても大切なものです。何しろ現金と引き換えることができるのですから、取り扱いには慎重にならざるをえません。ほとんどの個人商店では、その店の主人だけが小切手を振り出しているでしょうし、またそう思われてもいます」

岩槻は顔をそらしたまま白菊の話を聞いている。

「ですが、ご主人以外の人間が小切手を切る場合もないとはいえません。もしその人間が、実際に書いたのよりも少ない金額を主人に伝えていたとしたらどうでしょう」

神田にある文房具卸商『勇美屋』の主人であるきみは、小切手詐欺が分かったとき、「書いた覚えがない」と言った。

「ですから誰も、小切手を書いたのが彼女以外の人間だとは思わなかったでしょう」

「当然です。他の誰が書いたというのですか」

「たとえば、彼女が自分と同じくらい信用している人間です。多額の現金が引き出されたと分かっても、その人間を疑おうとすらせず、自分が書いたと言わんばかりに『書いた覚えがない』と言ったのですから」

「面白いお話ですね」

「今回の詐欺が単独の事件だったら、もっと早くに身内の人間が疑われたのではないかと思うのです」

どんなに調べても小切手に改ざんされた跡が見つからないとしたら、そもそも改ざんなどされていないのではないかと警察でも疑うだろうし、実際に小切手を書いたのは誰だったのかという点も注意を引いただろう。

「ですが、今回は立て続けに二件の事件が起きました。未遂事件を含めれば三件です」

「同時期に身内の裏切りが三件も続いたということですか。偶然が過ぎますね」

「おっしゃる通りです。そんな偶然が続くはずがない――警察だけでなく、誰もがそう考えました。だからこそ、魔法のようなインク消し液の存在を信じたのです」

「警察と農商務省の無能を、偶然が重なったということで片づけるおつもりですか」

白菊は岩槻の嘲笑を無視して続けた。

「『勇美屋』のひとり息子である伊之吉さんは、仕入れのために地方に出かけていることが多く、ほとんど家にいないそうです。母親のきみさんが愚痴っていたくらいですからね。ですが、例の小僧さんがやって来た日は珍しく家にいたのです」

「それがどうしたというんですか」

「私は伊之吉さんにお会いしたことがあるのですが——何というのでしょう、あまり人好きのする方ではありませんでした。身なりも汚らしいし、愛想も悪かった」

岩槻がさして興味なさそうに言った。

「実家にいるんですから気を抜いていたんでしょう。外交員は気骨《きぼね》が折れるものですよ」

白菊が笑みを浮かべた。

「岩槻さんも外交員でいらっしゃいますからね」

「それに、こんな事件に巻きこまれて機嫌が悪かったのかもしれませんよ」

「驚きましたね。母親であるきみさんも、まったく同じようにおっしゃっていました。岩槻さんは洞察力に優れていらっしゃいますね」

岩槻が不愉快そうに鼻を鳴らした。

「ですが私は違和感を覚えました。きみさんの話では、伊之吉さんは仕入れの腕が良いそうです。失礼ながら、『勇美屋』は大店《おおだな》ではありません。資本力では他店に太刀打ちできないでしょう。そんな小さな店が、他の店に競り勝って上質の筆を手に入れるためには、外交員である伊之吉さん本人の個人的な魅力が重要になってきます。つまり売り手に『この人に是非売りたい、この人であれば信用できる』と思わせる力がなくてはなりません。しかし私が見た伊之吉さんは——」

再び白菊が笑みを浮かべた。

「岩槻さんはどう思われますか。たまたま虫の居所が悪かったのか、それとも、いつもの姿を見せたくなかったのか」

「いつもの姿？　——どういうことでしょう」

「いえ、特にどうということもありません」

ところで、と白菊が続けた。

「私はひとつ気になったことがありました。店にやって来た小僧さんについてのお話が、きみさんと伊之吉さんのどちらもまったく同じだったことです」

「同じ人間を見ているんだから当然でしょう」

「人はその人なりの眼鏡をかけて他人を見るものです。おまけに表現の仕方も様々です。痩せた人間をひょろひょろという人もいれば、枯れ木のようなという人もいるでしょう」

「貴方から国語の講釈を聞く必要はありませんよ」

「これは失礼しました。——つまり私は、きみさんと伊之吉さんが口裏を合わせたのではないかと思ったのです」

「何故そんなことを？」

「どちらかが小僧さんの顔を見ていなかったから、というのはどうでしょう」

岩槻は黙ったまま聞いている。

「実は、『勇美屋』の周辺で再度、警察が聞きこみを行いました。以前は、不審な人物を見かけなかったかと訊ねたのですが、今回は違いました」

「何と――」

「例の小僧さんが買い物に来た日、きみさんが店にいたかどうかです」

こちらは容易に証言が取れた。

小店が密集している地域のため、誰かしらの目に留まるらしく、まず煙草屋の店番をしている娘が、きみが慌ててどこかに出ていくのを見たという。

それから、近所の代書屋が、外から戻ってきたばかりだというきみから筆を買ったという。

「お二人の話から、きみさんが出ていったのはおおよそ九時頃で、帰ってきたのは十時頃だと分かりました。例の小僧さんがやって来たといわれているのもその頃です。つまり『勇美屋』にきみさんはいなかったのです。では代わりに小切手を書いたのは誰でしょうか」

「どうして女主人は、そのことを言わなかったんです?」

「実の息子から、釣銭として何円の小切手を振り出したと言われたら疑いもしないでしょう。――いえ、もしかしたら、このような事件が起きたのですから、多少は疑ったかもしれませんが――」

痛くもない腹を探られるのは嫌だから、母さんが小僧の相手をして小切手を振り出したことにしてくれと頼まれたなら、ひとり息子を大切に思っている母親が、果たして本当のことを言うだろうか。

岩槻が口の中で何かつぶやいた。

「次に日本橋の畳店『大和商店』です」

明日、小僧を買い物にやるから釣銭は小切手で欲しいという電話があった後、出入りの商人から「詐欺ではないか」と指摘された店である。

「この『出入りの商人』ですが、不思議なことに店の誰も詳しい素性《すじょう》を知らないのです」

何でも大旦那と盆栽の趣味が合ったことから、最近、店に出入りするようになったという。なかなか気の利《き》く男で、下働きの女たちにちょっとした小間物を買ってきては喜ばれていたらしい。

「『絹や』さんで買った小間物らしいですよ」

「それはどうも……」

「ですが、最近はまったくお見えにならないようで、大旦那さんも女性たちも大層寂しがっておいでです」

白菊が言葉を切った。

岩槻は頑強に二人から顔を背け続けていた。

長い沈黙の後、白菊が再び口を開いた。

「『絹や』さんでは、小切手をお書きになるのは主人の千恵さんでしょうね」

「そりゃそうですよ」

「岩槻さんは外交員としてお忙しいそうですが、東京に戻ってきたときは、ずっとこの家――いえ、この事務所で働いていらっしゃるとか」

「ええ」

「千恵さんは、岩槻さんがいらっしゃる間はずっとこちらにいて店に顔を出さないそうですね」

岩槻が肩をすくめた。

「千恵さんのお話では、『絹や』さんのお金の管理はこの事務所で行っているとか。もちろん、銀行とのやり取りも含まれていますから、小切手の振り出しもこちらでしていたでしょう」

だが、例の小僧がやって来たとき、千恵は佐賀町の店にいた。

本人が「小僧さんが店に来たのはお昼前だったと思いますよ」と言っているから間違いない。

それでは、小切手を振り出したのは誰だったのか。

千恵が買い物を終えた小僧に付き添って今川町の自宅兼事務所まで戻り、小切手を書いてやったのか。

「その日の前日、岩槻さんはこの事務所にいらっしゃいましたね。電話に出た女性が、『店におかみさんがいらっしゃらなかった』と言っています。つまり、貴方がいたから、千恵さんは店にいなかったのです」

岩槻は何も答えない。

「しかし翌日——小僧さんがやって来た日は、千恵さんは店にいた。つまり貴方がいなかったから、と考えられます。が、実際はいかがでしたか」

「さあ、よく覚えて——」

「さださんのお話では、その日、千恵さんは店から離れなかったそうです。さださんが貴方に諫言《かんげん》し、それを真摯《しんし》に受け止めた貴方が千恵さんに、『今日は店にいたほうがよい』と言って聞かせたとか。千恵さんが膨《ふく》れっ面《つら》でさださんにそう言ったそうですよ」

「貴方は私が小切手を書いたと言いたいのですね」

「千恵さんが小僧さんとここまで来て小切手を振り出したと考えるより、店で買い物をした小僧さんに小切手は今川町で受け取れというほうが自然です。何しろ貴方はここにいたのだし、千恵さんは貴方を信頼しきっていました」

　岩槻が跳ね返すように言った。

「でも私はよく覚えていないんですよ。やらなければならないことが多くてね。それにもし私が小切手を書いたとして、それがどうだというんです。その小僧とグルになった男がインク消し液で金額を書き替えたんでしょう」

「ええ、結局そこに戻ってきます。偶然が続くわけがありません。『勇美屋』の息子さんが母親を裏切って、母親に伝えた金額よりも多い数字を書き、小僧と示し合わせて大金を手に入れたとしても、『絹や』も『大和商店』も何の関わりもないことです」

「だったら――」

「実は貴方に会っていただきたい方がいるのですよ」

そう言って白菊は腰を浮かせた。

「俥の中で待っている女性です」

「誰ですか」

「足がお悪いということで俥に乗っていただきました。『勇美屋』のおかみさんです」

その瞬間、岩槻の顔が真っ青になった。

「身内の裏切りが続けて起きるなどという偶然はありえません。――ですがもし、三件の事件にすべて関わった人間がいたとしたらどうでしょう」

「そんな女に会う必要は――」

「何、すぐにすみますよ。今こちらにお連れしますからね。――ああ、それから」

白菊は立ち上がると言った。

「『大和商店』の大旦那も追っつけお出でになります」

玄関を出ていった白菊が、人力車に乗っている女性に優しく声をかけているのが、開け放した戸口から聞こえてくる。

花守は岩槻から目を離さなかった。

これから起きる出来事が分かっていても、不思議と心は落ち着いていた。

岩槻は逃げ出そうとしたのか、立ち上がったがそのまままくずおれた。

「くそう……この俺が……」

岩槻の口から絞り出すような声が漏れたかと思うと、次の瞬間、彼の首のまわりにそれが現れた。

「何だ、これは……」

うめきながら岩槻が畳の上に転がった。

首を押さえつけている両手の隙間から、枯れた蔓が生き物のように伸び、うごめいている。

人の悪意を養分にして生きる植物——

異客だった。

「君はそこで見ているんだ」

花守は白菊に言った。

いつの間にか戻ってきた白菊が部屋の入り口に立っている。

「勇美屋」の女主人や「大和商店」の大旦那の姿はない。

膝をついて岩槻を抱き起こすと、花守は青ざめている白菊に笑顔を向けた。

「ここから先は僕の仕事だ」

白菊がうなずいた。

＊

「伊之吉は例の紙幣詐欺の犯人だったのですよ」

今川町にある「絹や」の女主人・千恵の自宅兼事務所を訪れてから二週間が経っていた。

花守と白菊は歯科医院の応接室で紅茶を飲んでいた。

「彼の実家は神田の『勇美屋』で、本名は佐藤伊之吉ですが、『絹や』で使っていた岩槻の他にいくつもの変名を使い分けていたようです」

岩槻と伊之吉は同一人物だったのだ。

「紙幣詐欺というと、紙幣を刷ることができる機械を売りつけるという詐欺だったね」

花守は農商務省で西脇から聞いた話を思い出した。

「それが新聞に載ってしまい、この詐欺話は使えなくなりました」

次に伊之吉が考え出したのが「魔法のインク消し液」である。

どんな万年筆も完全に消してしまう――つまり小切手も通帳も簡単に書き替えることができるという触れこみで、地方の素封家に売りこんだ。

その上で小切手改ざん事件を起こしたのだ。

警察や農商務省が必死に調べても、どんな成分が使われているのか突き止めることができなかったのだから、最高の品質保証になる。

だが、実際にそんなものは存在しないから、いかに小切手が改ざんされたように見せかけるかが重要になってくる。

「実家である『勇美屋』の場合は非常に簡単でした」

何しろ母親はひとり息子を信じ切っている。

釣銭を小切手で欲しいという電話があったふり、小僧が来たふりをし、当日は適当な話をでっち上げて母親を店から追い払い、小切手を切ればいい。

むろん、母親には実際に書いた金額よりも少ない金額を伝えるのだ。

だが、『絹や』ではそうはいかない。

「伊之吉は詐欺師としての本領を大いに発揮したのでしょう」

「そういえば、君は言っていたね」

――私は今、男性の魅力というものを考えているのです。どうしたら女性に好かれるだろうかということを
「『絹や』の女主人である千恵さんに、小切手の振り出しを任されるほど信頼されなければならないのです。つまり、自分に惚れさせなければなりません」

「それほど美男には見えなかったがなあ」

白菊がふっと笑った。

「ですから、女性の愛を得るために容姿は関係ないのでしょう」

伊之吉は外交員として多くの店に出入りしていたから、自分の計画にぴったりの店を探すことができたのだろう。

買い物に行かせた小僧は口入れ屋で雇ったそうで、伊之吉の仲間ではないことが分かっていた。

「伊之吉の手腕は見事なものでした」

実際に筆や小間物といった商品に目が利く凄腕の外交員であると同時に、口ひとつで地方の素封家ややり手の女主人、老舗《しにせ》の大旦那を信用させたのだ。

「見事と言う気にはなれないよ、白菊。きみさんも千恵さんも可哀想だった」

人力車にきみを乗せてきたというのは作り話だった。

彼女が着ていたのとよく似た着物の切れ端を人力車から垂らして、それらしく見せかけたのだ。

息子を信じている母親に証拠のない推理を話したところで、協力してもらえるとは思えなかったからだ。

また、自宅兼事務所から千恵を引き離すために、事情を話してさだに協力してもらった。

千恵が断れない理由を作ってもらい、花守と白菊がいる間だけ、佐賀町の店に呼んでもらったのだ。

千恵もきみ以上に、白菊の話を信じるわけがなかった。

「このまま男に騙され続けていたほうが可哀想でしたよ。身代《しんだい》をすっかり巻き上げられたかもしれません」

どちらも主人として店を守ってきた女性たちである。

商売人として、金銭が関わる話を片口だけで信じるとは思えないのに、それでも伊之吉の話は信じてしまったのだ。

いや、信じたというよりも、信じたかったということではないのか。

男に夢を見たがゆえに、何かがおかしいという頭の中の声に耳をふさいだのだ。

その心情を思うと、花守はやりきれない気持になる。

テーブルの上には花守が川岸で摘んできたすみれが活《い》けてあった。

可憐ではあったが、すみれは石と石の隙間からも芽を出し、花を咲かせる強さを持っている。

花守はしばし、その薄紫色に見入った。

優しく淡い色が、黒く染まった心をほの明るく照らすような気がした。

「でも――そうだな、きみさんにはしっかり者の弟さんがいるそうだし、千恵さんにはさださんがついてる。ひとりじゃないし、お店だってある。今はまだ気持の整理がつかなくても、きっと落ち着くときがくるよ」

白菊は花守の顔をまじまじと見ていたが、やがて小さくため息をついた。

「貴方は心からそう思っているのでしょうね」

「もちろんだよ」

白菊もまたすみれに目を向けた。

野に咲く花は楚々《そそ》として、恥ずかしそうに頭を垂れている。

「すみれなど珍しくもありません」

人が騙されることも、傷つくことも同じだ——白菊の心の声が聞こえてくるような気がした。

どこにでもある、ありふれた出来事だと。

「でも君は、すみれの花をひとつひとつ見ていた。見ることができた。皆同じだと——見る価値もない雑草だと、ひとくくりにはしなかったよ。だから今回の事件を解決できたんだ」

「たまたまですよ」

白菊は素っ気なくそう言って顔を背けた。

とまどっているのか、照れているのか——

その姿が、うつむくすみれに重なって見えた。

第三話
つゆ草

その日から白菊芳史《しらぎくよしふみ》は花守啓介《はなもりけいすけ》を避けるようになった。

連絡は途絶え、顔を合わせたところで口をきこうともしない。

花守はすっかり途方に暮れてしまった。

きっかけは、大正の帝都を訪れた仏蘭西《フランス》人園芸家の報告書だった。

＊

「貴方、このままだと死にますよ」

北芝《きたしば》が花守を呼び止めるなりそう言った。

農商務省園芸調査所長の西脇《にしわき》に会うため、白菊と共に農商務省を訪れた花守は、所長室の前で農商務省参事官の北芝に捕まった。

北芝が三白眼の目を光らせた。

「悪いことは言いません。この件からは手を引きなさい。そうしなければ貴方の生命の保証はできませんよ」

「それはどういう――」

眉をひそめた白菊を、北芝は冷たく見やった。

「西脇さんからまだ聞いていないのですか」

睨み合う二人の前で、花守はぽんと手を打った。

「今のはあれに似ていますね」

怪訝《けげん》な顔をした白菊と北芝が、揃って花守の顔を見た。

「よくあるでしょう。ご不幸の続いた家に、坊主か山伏《やまぶし》の姿をした男がやって来て、この家は呪われている、このままだと一家全員が死ぬかもしれないと言って祈禱料《きとうりょう》をせしめるんですよ」

途端に笑い声が起きた。

「花守さん、貴方という人は――」

所長室の扉が開き、腹を抱えながら笑っている西脇が現れた。

北芝が刺すような目で西脇を見た。

「笑いごとではないでしょう。貴方が彼を巻きこんだのです。彼に何かあれば貴方の責任ですよ」

「これから話をするところだったんです。はい、さようなら」

西脇は花守と白菊を招き入れると、何か言いかけた北芝の鼻先で扉を閉めた。

「今のはどういうことでしょうか。花守さんに何か――」

詰め寄った白菊をなだめるように、西脇がその肩を叩いた。

「説明して差し上げますから、そちらに座ってください」

二人が並んで長椅子に腰かけると、ややして坊主頭の少年がお茶を持って現れた。

「まずはどうぞ」

勧められて花守はテーブルの上に置かれた茶に手を伸ばしたが、白菊はじっとしたまま動かない。

白菊は猫舌ならぬ「猫手」の持ち主で、熱い器は持てないという。

そんな白菊のために、花守は先日、大きな取っ手のついたティーカップを買い求めた。

「君のために、今度は取っ手のついた湯呑を探そうか」

「そんなことはどうでもいいんですよ」

白菊は苛立った声を上げたが、すぐに肩を落とした。

「――申し訳ありません。貴方のほうが心配でしょうに」

「心配といったって、何を心配していいのか分からないよ」

西脇が笑みを浮かべて言った。

「花守さんのそういったところは実に得難《えがた》い資質ですね」

「兄から『お前は呑気すぎる』と言われるのですが」

「貴方は不安という化け物とうまくつきあうことができるのですよ」

さて、と言って西脇が湯呑を置いた。

「先日、仏蘭西からモーリス・シャルパンティエ氏が来日しました。――ああ、新聞でご覧になりましたか。著名な園芸家で大富豪、化学・植物学・農学の泰斗《たいと》、おまけに医師の資格も持っています。天は二物を与えずというのは嘘ですね」

各省庁や関係機関から駆り出された人々がシャルパンティエに付き添い、小石川《こいしかわ》植物園や東京帝国大学農科大学を始めとして、農事試験場や薬草園、植木師や個人の庭園まで精力的に見て回っている。

農商務省からは西脇が通訳も兼ねて出ていた。

西脇は子どもの頃、仏蘭西人の家庭教師から仏蘭西語を教わったという。

「シャルパンティエ氏は、それは熱心な方でしてね」

縁日に立ち寄れば盆栽を買い、人力車を止めさせては路傍《ろぼう》の草花を写生し、ありとあらゆる植物を本国に持ち帰ろうとせんばかりだという。

「振り回されているわけですね」

「そう正直におっしゃってはいけません」

西脇が花守の軽口をたしなめた。

「大変立派な方なのですよ。私の庭園もお見せしたところ、最大級の賛辞をいただきました」

花守も白菊も、礼儀正しく笑いを嚙み殺した。

「ところでこの方は異客《いかく》の研究もされておりましてね」

口調はさり気なかったが、西脇の表情は一変して厳しくなった。

「今回の来日に際して、氏は異客の報告書を農商務省に提出されました。もちろん内密に、です」


今から約六十年前、開国した日本には様々なものが持ちこまれたが、その中に異客と呼ばれる寄生植物があった。

寄生といっても植物にではない。

異客の寄主《きしゅ》は人間であり、その悪意を養分として生きる。

だが寄主が犯罪を犯し、罪が暴かれると、危険を感じた異客は首から蔓《つる》を伸ばしてその身体から逃げ出し、次の寄主を探そうとする。

白菊は農商務省の嘱託《しょくたく》として、その蔓を枯らしてきた。

彼が持ち帰った蔓は、深川区越中島《ふかがわくえっちゅうじま》にある工業試験所の焼却炉で燃やされていた。

それは不思議な光景だった。

西脇は蔓を、塵《ごみ》のように火の中に放りこんだりはしなかった。

雑然とした焼却炉のそばには腰高の台があり、その上に清げな白木の箱が置かれていた。

西脇は手ずから木箱に蔓を入れ、それをそっと炉の中に置いた。

まるで亡くなった人を送るかのようなその「儀式」は、異客に対しての思いやりが感じられた。

箱は毎回、新しく作られているとのことで、西脇が自費で賄《まかな》っているという。

この異客については、存在を知る各国の園芸家が密《ひそ》かに研究調査を行っており、それぞれが連携を取っていた。

シャルパンティエもそのひとりだという。

「報告書には何が書かれていたのですか」

花守が訊ねると、西脇は一瞬、迷うように目を泳がせたが、すぐに二人の顔を等分に見て言った。

「要約すればこういうことです。異客の蔓をほどいた人間は、体内に異客の毒素が蓄積して死に至る、と」

息を呑んだ白菊の隣で花守は首をかしげた。

「異客に触ると、手から毒を取りこんでしまうということですか？　それなら白菊君も同じですが」

白菊は触れるだけで植物を枯らしてしまう「黒い手」の持ち主で、花守と出会うまではその特異な力を使って異客を枯らしてきた。

「枯らしたときは無害だそうですが、ほどいた場合は異客がその人間に毒を送りこむようなのです」

「何故ですか」

西脇が首を横に振った。

「分からないですね。どうしてそうなるのかまでは、とても――」

「実際にそういった事例があったのでしょうか」

西脇がうなずいた。

彼が徹夜で翻訳した報告書の中身はこうだ。

巴里《パリ》郊外に広大な植物園を所有するシャルパンティエは何人もの庭師を雇っていたが、その中に大変器用な男がいた。

名をヴァールという。

若くて巌《いわお》のように頑丈な身体を持つ一方で頭がよく勇気もあり、「この男ならば」と、シャルパンティエは異客の研究を手伝わせるようになった。

仏蘭西では、罪が暴かれて首のまわりに蔓が現れると、密《ひそ》かにシャルパンティエの元へ知らせが届くようになっているそうだが、その際はヴァールも同行した。

そしてあるとき、「こんなもの何でもありませんよ」といってヴァールが蔓をほどいてみせたのだ。

シャルパンティエは驚きつつも喜び、それ以降は異客の処置をヴァールに任せるようになった。

その彼が亡くなったのは昨年の冬だという。

蔓をほどき始めて約二年が経《た》っていた。

「異客をほどくようになってから、ヴァール氏の皮膚に異常が見られるようになったそうです」

思わず腕を押さえた花守を見て、白菊が素早く花守の背広の袖をまくり上げた。

「やめてくれ」

花守は白菊の手を振り払ったが遅かった。

現れたそれを見て、白菊と西脇が絶句した。

腕に赤黒い湿疹が広がっていた。

「ただの蕁麻疹《じんましん》だと思うよ」

花守は袖を下ろすと何でもないように言った。

「僕は皮膚が弱くて、時々湿疹が出るんです。慣れていますよ。それに、ヴァール氏が亡くなったのは他の病気だったかもしれないでしょう」

西脇がため息をついた。

「彼は大変に健康でした。それに、医師でもあるシャルパンティエ氏が調べても死因が分からず、異客が原因だと考えざるをえなかったのですよ」

「失礼ですが、誤訳の可能性は」

花守は唸《うな》った。

「農商務省の上層部にも仏蘭西語に堪能な人間がおりまして、確認してもらいました」

何しろ人間に寄生して、その悪意を養分にするという植物なのだから、どのような未知の力を秘めているか分からない。

「そのようなわけですから、今後花守さんにご協力いただくのはいかがなものかと――」

「もちろんです」

白菊がきっぱりと言った。

「善意の民間人を危険にさらすわけにはいきません。花守さんには今後一切、手を引いていただきます」

「待ってくれ」

花守はかたわらの白菊を見やった。

元々、色の白い男だが、今やその顔は青ざめていた。

「まだはっきりしていないんだ。様子を見よう」

「その間に、貴方に何かあったらどうするんですか」

口調の激しさに花守は驚いた。

白菊は切れ長の目に怒りを浮かべて花守を睨みつけている。

怒り——それは確かに怒りだったが、花守にはその下に隠されている感情が分かった。

白菊は怯えているのだ。

花守が傷つくことを恐れている。

——いつの間に……。

花守は白菊をまじまじと見つめた。

己の身体に生じた異変さえ一瞬、忘れてしまったほどだ。

雪の向島《むこうじま》で白菊と出会ったのは半年ほど前のことでしかないのに、花守は、彼がこれほどまでに心配する存在になっていたのだ。

白菊を助けるはずの救いの手は、今や諸刃の剣に変わろうとしていた。

花守が傷つけば、白菊も傷つくのだ。

「待ちなさい、二人とも」

西脇が穏やかに割って入った。

「この件について私が直接、シャルパンティエ氏と話してみましょう。現在、氏は多忙なので時間が取れませんが、三カ月もの長期滞在です。お話しする機会はあるでしょう」

西脇は立ち上がると白菊の背後に回ってその肩に手を置いた。

「そんなに心配するものではありませんよ」

青ざめている白菊の身体からふっと力が抜けたように見えた。

「ご覧なさい。花守さんの頑丈そうなこと。おまけに大変明るいご気性《きしょう》です。異客の暗さなど寄せつけませんよ」

白菊が小さくうなずいた。


花守が姉のあきからその話を聞いたのは、七月の初めだった。

何であれ楽しみを見つけることのできる花守は、梅雨《つゆ》の季節も嫌いではなかったが、湿っぽいのには閉口した。

今年は梅雨曇りが続き、なかなか雨が降らない分だけ、ひどくじめじめする。

あきに相談したところ、早速、古くから花守家で家事の采配《さいはい》をふるっているなかが新富町《しんとみちょう》にやって来て、蒼朮《そうじゅつ》を焚《た》きくゆらせてくれた。

蒼朮は秋の草で、その根を干したものが湿気取りになるのだ。

「お嬢様と坊ちゃまは、外で遊んでらしてください」

いまだに花守とあきへの子ども扱いが抜けないなかに医院から追い出され、二人は何となく明石町《あかしちょう》に足を向けた。

あの屋敷はどう、この庭はどうと、仲のいい姉弟は気兼ねなく、どうでもいいことを話しながら辺りを歩いて回った。

明石町には、居留地だった頃の名残《なごり》か、紫陽花《あじさい》の生垣のある家々があり、目に鮮やかな紫の花が川風に吹かれて揺れていた。

丸い形がぼんぼりに似て、薄曇りの空の下、そこだけ灯《あか》りをともしたように見える。

その根元に、ひっそりとつゆ草が咲いていた。

「昔を思い出すわね。つゆ草の花を絞って絵を描いたでしょう」

「最後には筆を振り回してちゃんばらになりましたが――」

「余計なことは思い出さなくていいのよ」

洋服姿のあきは子どもがひとりいるとは思えない若々しさで、花守の目には女学校の頃と少しも変わっていないように思える。

「――何だか元気がないわね」

ふいにそう言われて、花守は内心どきりとした。

農商務省を訪れて、シャルパンティエ報告書の内容を聞かされたのは半月ほど前のことである。

あれ以来、白菊からの連絡は一度もない。

――異客の蔓をほどいた人間は、体内に異客の毒素が蓄積して死に至る
それが白菊を思いとどまらせているのは間違いなかった。

西脇のおかげでやや落ち着きを取り戻したようだったが、あの血の気の失《う》せた顔を思い出すにつけ、再び白菊が花守に異客について相談するとは思えない。

こうしてこのまま何もなかったかのように縁が切れていくのだろうか――そう思うと、花守は暗い気持になった。

花守は白菊と紅茶を飲みながら話をするのを楽しんでいた。

変わることが世の常といいながら、そんな時間がずっと続くような気がしていたのだ。

あきが心配そうに見ているのに気づいて、花守は無理に笑顔を作った。

「僕なら大丈夫ですよ。それより姉さんのほうはどうなんです。また、義兄《にい》さんと喧嘩してるんじゃありませんか」

あきが若い娘のように頬を膨らませた。

「嫌ね、喧嘩なんかしないわよ。時々――考えが合わないだけで」

「義兄さんが、あきの機嫌を直すために新しい着物を作ってやらなけりゃならないとぼやいていらっしゃいましたよ」

「それは元から作ってもらう約束だったのよ――と、そういえば」

あきが顔を曇らせた。

「私が贔屓《ひいき》にしていた下絵師が警察に捕まったそうなの」

あきの言う「下絵師」とは、友禅染《ゆうぜんぞめ》の模様を生地の上に描く職人である。

「物騒な話ですね。何をしたのですか」

「私の知り合いのお屋敷で宝石を盗んだのよ」

男の名は加賀美峰《かがよしみね》といった。

老舗《しにせ》の呉服屋・兼松《かねまつ》の下絵師で、年の頃は二十代の半《なか》ば、若いながら清新な図柄で人気が高く、富裕な家から「是非、加賀に」と指名を受けることも多々あったという。

宝石が盗まれたのは、そんな贔屓客の一人、相馬《そうま》家の屋敷だった。

加賀は図柄の打ち合わせのために客の屋敷へ出かけることが多かったが、特に相馬家では主人の相馬栄一《えいいち》が加賀の贔屓で、仕事以外でもよく呼ばれていたという。

盗難を発見したのは相馬夫人のさほで、現場に加賀本人の持ち物と思《おぼ》しき物が落ちていたことから、警察が加賀の住まいを捜索したところ盗まれた宝石が見つかった。

「それほど売れっ子ならお金に困っていたとは思えませんが」

「それが結構な遊び人のようなの。稼ぐ端からお酒と女性に遣ってしまったという話よ」

本人は盗んでいないと主張しており、自宅に宝石があったことについては「分からない」と言っているらしい。

「さほさんは大変胸を痛めていらっしゃってね。何でも最近、庭に黒い花が咲いたのですって。何か悪いことが起きなければいいのだけれどとおっしゃっていたのよ」

「黒い花？」

思わず大声を出した花守を見て、あきが目を丸くした。

「まあ、どうしたの」

「いえ――その、黒い花というのは本当ですか」

「実際に見たわけじゃないわ。でも、つゆ草だったかしら、花が真っ黒だったのですって。加賀さんが捕まった後から農商務省の方がいらして調査なさっているそうよ」

ふふ、とあきが笑った。

「その方ね、とても綺麗な男性で驚いたとさほさんがおっしゃっていたの。私も一度お会いしてみたいものだわ」

「――姉さん。お願いがあります」

「貴方の頼みなら何でも聞いてよ」

「ありがとうございます。僕を相馬家に紹介していただけませんか」

「お二人がお知合いなんて」

相馬さほが白い手を口元に当てた。

さほはうりざね顔のたおやかな女性で、年の頃は二十代の半ば、夫である相馬栄一とは二回り近く年が離れているという。

栄一は再婚で、最初の妻と死に別れた後は独り身を続けていたが、さほを見初《みそ》めて結婚を申しこんだのだと、さほが照れたように話してくれた。

その日、花守は相馬家の応接室で白菊と顔を合わせた。

いざというときはあれこれ聞かず、すぐに頼みを聞いてくれるあきのおかげで、何と二日後には本郷《ほんごう》にある相馬邸を訪れることができた。

白菊は、調査の途中で「休憩しませんか」と声をかけられ、いままさにお茶を飲んでいるところといった様子だった。

テーブルのかたわらでは白い前掛けをつけた小間使いの女性が、まめまめしくお茶の用意をしている。

小間使いは恐ろしく身のこなしが軽く、音も立てず滑るように立ち働いている。

「カップをもうひとつお願いね、ふじ」

「はい、奥様」

美しい女主人に仕えることが嬉しいのか、ふじと呼ばれた小間使いは顔を輝かせている。

花守は言った。

「以前、白菊さんと一緒にお仕事をさせていただいたことがありまして。姉からお話があったかと思いますが、私も植物に興味があるんです」

「驚きましたわ。世間って狭いんですのね。わたくし、あきさんにはとてもお世話になっているんです。あきさんの弟さんにこうしてお出《い》でいただけるなんて――」

ちょうどそのとき静かに扉が開いて、年の頃は五十代の半ばでもあろうか、いかにも古参と見える女性が入ってきた。

「奥様、お薬の時間です」

「ありがとう、しげ。今行きます。――お二人とも、ゆっくりしてらしてくださいね。すぐに戻ります」

さほは二人に会釈《えしゃく》をすると、しげと一緒に部屋を出ていった。

「どういうことですか」

舶来の大きなテーブルに向かい合って座っている白菊が、眉を吊り上げた。

「今後一切手を引いていただくようお話ししたはずですが」

花守は白菊の鋭い眼差しを柔らかく受け止めると、言った。

「漆黒化した花が見つかった屋敷で宝石の盗難事件が起きた――ということは、異客は犯人に寄生した可能性が高い。現場で容疑者の持ち物が押収され、その住居から盗品が見つかった。それなのに、ここまで証拠をつきつけられても、異客は現れなかったわけだ。つまり、真犯人は他にいるということになる。少なくとも君はそう考えているはずだ」

白菊は無言のまま花守の顔を見ている。

「捕まった男は無実かもしれない」

「そうかもしれません」

「僕は君を手伝うことができると思うよ」

「もう、結構です」

顔を背けた白菊に、花守はため息をついて言った。

「下絵師の男は姉さんの贔屓でね。何とかして助けたいんだ」

「それでしたら、好きなようになさったらいいでしょう。私に貴方を止める権利はありませんよ」

白菊がそう言ったときさほが戻ってきた。

「お待たせして申し訳ありません」

「お薬とおっしゃっていましたが、どこかお加減でも――」

花守が訊ねると、さほが笑って打ち消した。

「ただの栄養剤なんですよ。最近になって、旦那様がわたくしにくださったのです」

年上の夫は若い妻の健康をことのほか気にかけているらしく、女中のしげに薬の時間を忘れないよう繰り返し言っているらしい。

「ふじなど呆れておりますわ」

さほはすぐさま二人を応接間から追い出すつもりはないようで、紅茶を淹れたり、菓子を差し出したりして何くれとなく世話を焼いてくれる。

宝石盗難について調べるには好都合で、花守はそれとなく水を向けた。

「そういえば姉から聞いたのですが、大変な目に遭われたとか」

ええ、と言ってさほがうつむいた。

「申し訳ありません、奥様。嫌なことを思い出させてしまったようです。さぞ、衝撃を受けられたことでしょう」

さほがテーブルの上で形の良い手を握り締めた。

「本当に驚きましたわ。まさかこんな事件に巻きこまれるなんて」

「宝石は戻ってきていないそうですね」

「旦那様は、また買ってやろうとおっしゃってくださいましたが――」

「お優しい方ですね」

「気前のいい方ですわ。それに、宝石も着物もすべて選んでくださるんです」

相馬栄一は生家が大地主である上に、いくつもの会社の役員に名を連ねている名士だった。

むろん、この応接間を飾る美々しい舶来の家具を見れば、金に困っていないことは明らかである。

「加賀さんは盗んでいないと言っているそうですね。何故、自分の家に宝石があったか分からないと」

「そのように聞いておりますけれど……」

宝石が盗まれたのは、今、三人がいる本邸ではなく離れである。

本邸は二階建ての重厚な洋館で、離れは平屋の木造建築である。

離れがあるのは、いかめしい洋館では落ち着かないというさほのために、相馬が結婚祝いとして建てたからだ。

さすがは富裕なだけあって、破格の贈り物である。

さほは日中のほとんどの時間を離れで過ごしており、使用人たちは、彼女に呼ばれなければ足を踏み入れないという。

しかし、事件が起きてからはさすがに気味が悪く、今は締め切りにしているとのことだった。

さほが白い顔をうつむけたまま言った。

「旦那様は加賀さんを大変贔屓にしておりました。何かの間違いであってくれたらと思っているのですが……」

ふいに白菊が言った。

「警察の中には、他に犯人がいるのではないかと考える者もいるようです」

「まあ、本当ですか。でもどうして貴方様が――」

「農商務省は感染症防止のために警視庁と密に連携しております。ですので、私にもそういった話が聞こえてくるのです」

さほは白菊の立場について素直に納得したようだった。

「警察の方は何故、加賀さんが盗んでいないとお考えなのでしょうか」

「さすがにそこまでは教えてくれませんでしたが――」

証拠も動機も揃っている加賀が無罪であるという可能性を見出《みいだ》しているのは花守と白菊だけだったが、その理由を話すわけにはいかなかった。

さほは軽く唇を噛んで目の前をじっと見つめていたが、やがて意を決したように顔を上げた。

「白菊様。よろしければ事件当夜の話を聞いていただけませんか。わたくしは加賀さんが無実であってほしいのです」

「もちろんです、奥様」

「僕にもお聞かせ願えませんか」

花守はすかさず言った。

「加賀さんは僕の姉の贔屓でもありますので」

「そうしていただけたら心強いことですわ」

花守はちらと白菊に視線を向けたが、白菊の表情からは何の感情も読み取れなかった。

心の中で、花守は小さくため息をついた。

三人は連れ立って離れに向かった。

敷地内に小川を引きこんで作られた池と背の高い木立《こだち》の奥にその建物はあった。

白い壁と木材の対比がモダンながら、要所要所に手斧《ちょうな》はつりされていて落ち着いた雰囲気が漂う建物である。

玄関の黒い扉の上には大きな庇《ひさし》が突き出ており、その下に背の高い花瓶がいくつか並んでいる。

「ここに水盤も置いてあったのですが……」

それは麦わら帽子を逆さにしたような形の硝子《ガラス》の水盤で、猫足の台の上にのっていたという。

「その中に、加賀さんの青花紙《あおばながみ》が落ちていたんです」

聞き慣れぬ言葉を聞いて首をかしげた花守に、さほが言った。

「詳しいことは中でお話しいたします」

扉を開けると目の前に玄関ホールが広がっていた。

しばらく締め切られていたせいか埃《ほこり》っぽく、空気がどんよりとしている。

玄関ホールの三方に扉がついており、正面が台所、右手が食堂、その奥がさほの私室、そして左手が応接間だと、さほが説明してくれた。

離れの調度品はすべて栄一が手ずから選んだが、奥の私室だけは、さほが実家から持ってきた物をそのまま使っているという。

「模様替えをしようと思っているのですけれど、なかなか手が回らなくて……」

そう言いながらさほは左手にある応接室の扉を開けると、正面のたっぷりとしたカーテンを引いて窓を開け、風を入れた。

窓の外はテラスになっており、天気が良ければそこで食事を取ることもあるという。

二人は座るよう勧められたが、白菊は花守から離れた椅子を選んだ。

さほもまた椅子に腰を下ろすと言った。

「あれから十日も経ったなんて信じられない気がします。ずいぶん前のような気もしますし、つい昨日のようにも。——ああ、ありがとう」

さほが応接間の入り口に向かって声をかけたので振り返ると、いつの間にか小間使いのふじが銀の盆を持って立っていた。

ふじは茶碗を並べると応接間を出て、左のほうに姿を消した。

恐らく台所で待機しているのだろうが、気配がないせいか、花守は見張られているような気がした。

「何からお話しすればよいのか——」

さほが迷うように目を伏せた。

「盗難があった日は、いつもでしたら加賀さんがいらっしゃる日だったのです」

栄一は美麗な工芸品に目がなく、腕のいい職人と見れば支援を惜しまなかったが、近頃ではとりわけ加賀に目をかけていたという。

第四週の土曜の夜には加賀を離れに呼び、酒や食事をふるまっていたというから、立場や年齢を超えてうまが合っていたのかもしれなかった。

「ですが、いつものお約束の日の数日ほど前だったでしょうか、急に都合が悪くなってしまったのです。わたくしの実家に揃って招かれまして……」

相馬は断りの葉書を書いて加賀に送った。

そして事件当夜、夫妻が屋敷に戻ってくると、離れにあるさほの私室が荒らされ、宝石が盗まれていたのだ。

夫妻はすぐ警察に連絡した。

「最初は夜盗の仕業《しわざ》かと思いましたが、玄関前の水盤の中に青花紙が落ちていたのです。ええ、出かけるときはございませんでしたわ。あったとしたら、水が藍色に染まって目につきますもの」

青花紙は友禅の下絵を描くための絵の具で、つゆ草に似た「青花」という花を使って作るという。

青花の花弁を絞り、流れ出た青い汁を紙に塗ってしみこませたものが「青花紙」である。

青花の祖先はつゆ草で、青花紙を作るために、より大きな花を持つ個体が人為的に選択された結果、生まれたのだろうと考えられているらしい。

完成させるまでに数え切れないほどの回数を塗り重ね、最終的には紙が濃紺になるまで続けられる。

通常は半紙大の大きさで売られているが、使用する際は小さく千切って小皿に入れ、水を注ぐと青い液体が溶け出る。

この絵の具で描いた線は水で容易に消えるため、友禅の下絵描きに利用されていた。

なお、青花紙は産地が限定されており、決まった問屋から、つきあいのある職人にのみ売られるという。

夫から教わったというさほの説明は詳しかった。

その青花紙を、加賀はいつも持ち歩いていた。

警察が加賀の家へ行き話を聞くと、急用ができて相馬家の離れには行かなかったと言い張っていたが、青花紙が落ちていたことを伝えると真っ青になり、行ったことは認めたものの、誰もいなかったのでそのまま帰ってきたと答えた。

相馬家から葉書が届いているはずだと問い質したところ、そんなものは受け取っていないという。

だが、警察が加賀の家を家宅捜索すると、文机《ふづくえ》の引き出しから宝石がひとつ見つかった。

「しかしお二人が留守では、加賀さんは中に入ることができなかったのでは」

花守はそう言ったが、さほは首を横に振った。

「加賀さんでしたらお入りになれますわ」

相馬家の本邸には住みこみの女中であるしげがいるので、主人が留守でも中に入れてもらうことはできるが、加賀はいつも裏手にある小さな通用口から出入りしていたという。

「通用口に鍵はないのですか」

「通いのタケが十時に帰るまでは開いています」

古参のしげは住みこみだが、タケは近所から通っているという。

「しかし離れには鍵がかかっていたのでしょう」

「加賀さんは鍵の在《あ》りかをご存知でしたから」

聞けば、玄関に並べてある花瓶のひとつに鍵を隠してあるのだという。

「そんなことを他人に教えていたのですか」

さほがけろりとして言った。

「警察の方にも叱られてしまいましたわ。不用心だと——ですが、普段は鍵などかけていないのです。鍵を本邸に置き忘れたことが多々あったものですから、面倒になってしまって」

だが、さほの不用心はそれだけではなかった。

「宝石は金庫に保管しておいたのでしょうか」

「いいえ、そんな――面倒ですもの。離れに金庫などありませんし。衣装戸棚の引き出しに入れておいただけですわ。鍵？　鍵などかかりません」

加賀はそれも知っていたという。

しかし、これでは泥棒に盗んでくれといっているようなものである。

さほが警察から聞いた話では、加賀は呼び鈴を押しても誰も出なかったので、花瓶の中の鍵を使って離れに入り、電気をつけたところ、室内が荒らされているのが分かったので怖くなり逃げ帰ったという。

「留守だと分かって中に入ったのでは、悪意があると思われても仕方ないのでは」

さほはまたもや首を横に振った。

「そういったことは何度かございましたの。旦那様やわたくしが、約束の時間に間に合わないようなときは、中に入って待っていてくださいとお伝えしてありましたから」

他人を信じきっているさほの顔を見て、花守はため息をついた。

「青花紙のことをおうかがいしてもよろしいでしょうか」

白菊がふいに訊ねた。

「加賀さんはいつも持ち歩かれていたということですが――」

「矢立てに入れておいでしたわ。熱心な方で、良い図案を思いつくと、どこであってもお描きになるんです。いつでしたか、食事の最中に描き始めて驚いたことがありますわ」

矢立ての中には、小さく切った青花紙の他に筆と小皿と少量の水、そして画布とするための布を収めてあったという。

「そこから青花紙が滑り落ちたというわけですね」

「加賀さんはあまり片付けが得意な方ではありませんでしたの。以前、旦那様と一緒にお宅におうかがいしたことがあるんです。あのような図柄が生まれる場所をどうしても見たいと、わたくしが我儘《わがまま》を申し上げましてね」

家具はほとんどなかったが、下絵を描くための道具が散乱していて足の踏み場もなく、「奥様のお召し物が汚れないといいのですが」と、加賀はひたすら恐縮していたという。

「青花紙は、切ってしまえば小さな物です。着物の袖や帯の中に紛れこんでいたのかもしれませんし――そうそう、加賀さんの腕に張りついていたのを見たことがあります」

これでは誰が見ても犯人は加賀である。

加賀は相馬夫妻が留守にするという葉書を受け取って、悪心を起こしたに違いない。葉書は受け取らなかったふりをし、その日は急用ができて行けなかったことにすれば、言い抜けられると考えたのだろう。

だが、肌身離さず持ち歩いていた青花紙を落としてしまったのが運のつきだった。すぐに加賀が疑われ、そして彼の家から宝石が見つかったのだ。

さほが心配そうに訊ねた。

「加賀さんの無実が証明できるでしょうか」

花守はお手上げだったが、白菊が言った。

「お屋敷で働いていらっしゃる方々からお話をうかがってもよろしいでしょうか」

「ええ、もちろんですわ。こちらに呼びましょう」

さほは立ち上がると台所へ行って、ふじに女中を呼ぶよう言いつけた。

相馬家で常に働いているのは住み込みの女中であるしげと小間使いのふじ、そして通いのタケである。

お客を大勢呼ぶときや庭木の手入れをするときは、その都度、人を雇い入れるという。

「僕はいてもいいのかい」

花守が小声で訊ねると、白菊はこちらも見ずに言った。

「さほさんは、この一件について貴方にもお願いしていましたからね」

「そうか。ありがとう」

一緒にいることができてほっとしながらも、花守を拒絶している白菊のそばにいるのは辛かった。

目に見えない溝が二人の間に広がっているのを、花守は痛いように感じた。

しばらくして、応接間に二人の女性が入ってきた。

先ほど薬の時間を知らせに来たしげと、もうひとりはタケという若い娘で、いささかぼんやりとした顔つきをしている。

白菊は穏やかに、だがきっぱりと言った。

「差し支えなければ、おひとりおひとりと話をしたいのです」

「分かりました。わたくしは席を外しましょう」

さほは本邸に戻り、古くから働いている順に話を聞くことにして、ふじとタケが台所に引っこんだ。

「お忙しいところ申し訳ありません。先日の件でお話をうかがわせていただきたいのですが——」

応接間にひとり残されたしげは身体を強張《こわば》らせていたが、笑顔でそう言った白菊を見てほうっとため息をついた。

「私で分かりますことでしたら……」

「この度《たび》は大変でしたね」

白菊が切り出すと、しげがため息をついた。

「ええ、本当に……。やはりお庭に黒いつゆ草が咲いたのを放っておいたのがいけなかったのかもしれません」

「その花を見つけたのはどなたですか」

「奥様ですよ。いつもは旦那様と違って華やかな洋花をお好みなんですが、この季節は野趣溢れる花を飾りたいとおっしゃって、つゆ草を摘んでいらっしゃったんです」

「趣《おもむき》がありますね」

ところで、と白菊が言った。

「しげさんはいつからこちらで働いていらっしゃるのですか」

「坊ちゃん――いいえ、旦那様が十になる前に相馬のお屋敷に上がらせていただきましたから、もう四十年になります」

先代の主人夫婦に気に入られ、嫁いでからも屋敷の近くに所帯を持たせてもらい、そこから屋敷に通っていたという。

「旦那様が大学をお出になったときに、大旦那様と大奥様が事故に遭われまして――」

両親が亡くなったのを機に、栄一は古い屋敷を引き払って、ここ本郷の西片《にしかた》に洋館を建てた。夫と死に別れ、娘は嫁に出したので、しげは住み込みで働くようになったという。

「大旦那様には、私のような者にも本当によくしていただいたんですよ」

しげがしみじみと言った。

白菊が当日の様子を訊ねると、しげはすらすらと答えた。

「あの日は奥様のご準備が早くて、しばらく本邸の応接室で旦那様をお待ちでした。衣装には大変気を遣う方ですから、いつもは離れからなかなかお出ましにならないのですが」

夕方の四時頃に相馬夫妻がさほの実家に出かけた後、しげはタケと夕飯を食べたが、ふじは朝から休みをもらって叔母の家へ出かけていた。

「下絵職人の加賀さんが離れに来たということなのですが、姿を見かけましたか」

しげは大きく頭《かぶり》を振った。

「裏の通用門からお入りになって、そのまま離れに行かれたとしたら、木立が邪魔をして何も見えません」

夜の十時近くになって相馬夫妻が帰宅した。

さほはまっすぐに別邸に向かい、異変に気づいた。

「奥様が真っ青になって本邸へ駆けこんでいらっしゃいまして、旦那様が警察にお電話なさいました」

「水盤の中に青花紙が落ちていたそうですね」

「水がすっかり藍色に染まっておりましたよ。奥様がタケに、水盤を他の場所へ動かすようおっしゃったのですが割ってしまって——。あの娘は粗忽《そこつ》でいけません」

しげが疲れたようにため息をついた。

「相馬のお屋敷でこんなことが起きるなんて——。大旦那様がお聞きになったら何とおっしゃることでしょう」

「さほさんは少し不用心だったようですね」

しげがぽつりとつぶやいた。

「ずる賢いよりは不用心のほうがよいかもしれません」

「相馬さんの前の奥様のことですか」

しげがはっと息を呑んだ。

「まあ、私としたことが――」

白菊が花のように笑った。

「よろしいのですよ。その件は相馬さんからうかがっておりますので」

嘘だな、と花守は即座に気づいた。

白菊の勘が当たったのだろうが、花守も素知《そし》らぬ顔でうなずいてみせたので、しげは安心したようだった。

「ええ、ええ。そうなんです。先の奥様――あの女は死に別れたのじゃありません。旦那様の実印を持ち出して、ほうぼうで借金をこしらえていたのです。口にするのも汚らわしいことですが、何でも若い男に貢いでいたとか。旦那様がもみ消すのに、どれほど苦労なさったことでしょう。それでも旦那様はご立派で、暮らしていけるだけのものは渡して離縁なさったのです」

今でも怒りが消えていないようで、しげの握り締めた拳が震えている。

「しげさんのように、心をこめて尽くしてくださる方がいらっしゃったから、相馬さんは心強かったでしょうね。しげさんを母親のように思われているのではないでしょうか」

「まあ、とんでもないことでございます。私など、何のお力にもなれませんでしたよ」

しげは大きく手を振って打ち消したが、その顔は嬉しそうに笑っている。

白菊は礼を言うと、タケを呼んでくれるよう頼んだ。

ややして入ってきたタケは、浅黒い肌のぽっちゃりとした娘で、しきりに頭を下げた。

その丸い手に白い包帯が巻かれているのを見て、白菊が訊ねた。

「お怪我なさったんですか」

「花瓶のお水替えをしておりましたら、手を滑らせてしまって――」

「そうでしたか。お大事になさってください」

白菊が優しくそう言うと、まともに彼を見たタケの顔が真っ赤になった。

「最近こちらのお屋敷では、庭の野草を飾られているそうですね」

「いえ、そういったのは――。いつも大きくて綺麗な花ばかりで」

早速、盗難当日の様子を訊ねたが、おおよそはしげが話した内容と同じだった。

「タケさんは水盤をご覧になりましたか。青花紙が浮いていたそうですが」

「はい、水が青く染まっていました。――その、皆さんがおっしゃる青花紙というのは何でしょうか」

「絵の具ですよ。水に浸すと色が溶け出てくるんです」

白菊が説明してやると、タケは首をかしげた。

「ただの紙に見えましたけど……」

「紙につゆ草の汁を塗って作るものですからね。ところで水盤を片づけたのはタケさんだとうかがいましたが――」

タケは返事をする代わりに身を縮めた。

白菊がなだめるように訊いても、しばらくの間は口を閉ざしていたが、ややしてぽつぽつと話をしだした。

「奥様が不愉快だからよそにやってくれとおっしゃったので――」

さほに言われた通り水盤を動かしたが、後で見にいくと、置いた場所から水盤が落ちて割れてしまっていたという。

しかも池のそばだったため、硝子の破片も中身も水の中に落ちてしまい、青花紙も流されてしまったようだった。

大事な証拠の品だというのに置き方が悪いと、タケは散々叱られたらしい。

「地面に置こうとしたんですが、奥様が汚れるとおっしゃいますし……気をつけたつもりだったんですが……」

タケは肩を落として応接間を出ていった。

「入ってもよろしいでしょうか」

ややして、応接間の入り口から静かな声が聞こえた。

「先ほど、タケさんが出ていかれたようでしたので――」

立っていたのは小間使いのふじだった。

まるで気配がなく、花守はふと、ふじがタケとのやり取りを聞いていたのではないかと思った。

「どうぞお入りください」

白菊が穏やかに招き入れると、ふじは背筋を伸ばして椅子に腰かけた。

主人の身の回りの世話をするために置かれる小間使いは、その家の遠い親せきや、つきあいのあるそれなりの家の娘が行儀見習いとして来ていることが多かった。

彼女もそういったひとりだろうと花守は思ったが、その考えはすぐに正しいことが分かった。

「奥様には子どもの頃から可愛がっていただきました」

さほの実家である江原《えはら》家は、江戸の頃は幕府や諸藩の御用達《ごようたし》だった豪商で、ふじの家は江原家に出入りしていた紙屋だった。

さほは、幼くして母親を亡くしたふじの面倒を、親身になって見てくれたという。

「奥様はお美しい上に賢くていらっしゃって――皆の憧れの的でした。奥様が私を是非にと、こちらのお屋敷に呼んでくださったときは夢のようで……」

ふじがうっとりとした顔つきで言った。

「盗難があった日はお休みを取られていたとか」

白菊が訊ねると、ふじはうなずいて言った。

「たまには骨休めしなさいと奥様がおっしゃってくださったので、朝から上野《うえの》に出かけました」

ふじの叔母が嫁いだ家があって、久しぶりにおしゃべりをし、相馬夫妻の帰宅時間に合わせて戻ってきた。

「そうしたらあんなことが――」

「水盤の中に青花紙が浮いていたそうなんですが、ふじさんはご覧になりましたか」

「ええ、見ました。でも、タケさんが水盤を引っくり返して割ってしまったんです。あの人っていつもそう」

ふじの顔に小馬鹿にしたような表情が浮かんだ。

礼を言ってふじを送り出すと、しばらくして本邸からさほがやって来た。

「いかがでしょう。お役に立ちましたか」

「今のところは何とも申し上げられませんが――」

「良い知らせをお待ちしています」

花守と白菊が丁寧に辞去の挨拶をすると、さほは二人を門のところまで見送ってくれた。

「是非またお出でください。お仕事でなくても――」

「お客さんかね」

ふいに声がして、振り返ると四十代も後半かと見える男が立っていた。

中肉中背で生真面目《きまじめ》な顔つきをしており、背広の仕立ての良さとあいまって上品な印象を受ける。

「まあ、旦那様。お帰りなさいませ」

さほは笑顔で夫に駆け寄ると、二人を紹介した。

「黒い花の件でいらしてくださっている農商務省の白菊さんと、慈善会でお世話になっている平原《ひらはら》あきさんの弟の花守さん。花守さんは歯科医で、植物の研究もなさっているそうなんです」

「相馬栄一です」

相馬が帽子を取って挨拶した。

さほが言った。

「妻の話がお役に立てたならよろしいのですが」

「お二人には、加賀さんの話も聞いていただいたんです。わたくし、加賀さんが宝石を盗んだとは思えなくて――。それは確かにお金に困っている話はいろいろとお聞きしましたし、貴方からお金を借りたりもなさっていましたけれど」

「よしなさい。余計なことは言わないんだよ」

「でも貴方――」

「それは警察の仕事だ。それよりもお前、今日、商工会議所で江原さんにお会いしたが――」

「まあ、兄と」

「先日のお礼をしていないだろう。急にこちらから出かけて、ご迷惑をおかけしたのだから、手紙くらいは書きなさい」

「まあ、忘れておりましたわ」

相馬は妻をたしなめたが、その口調は優しく、さほを見る目は温かい。

相馬が花守と白菊に向かって言った。

「私は加賀さんの贔屓でした。ですから何かの間違いであればと思っています」

それでは、と相馬は会釈して、家のほうへと歩いていったので、花守と白菊も連れ立って門を出た。

少しして振り返ると、二人を見送っていたさほが小走りに夫の後を追いかけていくところだった。

花守は冗談めかして言った。

「相馬さんに間男だと思われていないといいけどね」

「あれほど使用人の目があるんです。そんな心配はありませんよ。——それでは失礼します」

素《そ》っ気《け》なくそう言って、白菊は花守に背を向けると足早に去っていった。

何度手を差し伸べても、片端からはねつけられてしまう。

花守は白菊の姿が消えるまで、その場にじっと立ち尽くしていた。

それから数日後、花守は赤坂区《あかさかく》の青山《あおやま》にある姉の家を訪れた。

あきの姑《しゅうとめ》から息子、果ては使用人にいたるまで、花守は気に入りの客で、行けば一家総出でもてなしてくれるが、その日はひっそりとしていた。

「今日はおひとりですか、姉さん」

「たまたまね。皆、出かけているのよ。――相馬家の件はどうだったの」

「その件で来ました」

あきの部屋で二人は、向かい合って椅子に腰かけた。

ガラスのテーブルの上では、氷水が涼し気に露の玉を結んでいる。

贅沢《ぜいたく》好みのあきらしく、部屋の調度は凝った華やかなものばかりである。

花守は先日のやり取りを一通り話して聞かせた。

あきがため息をついた。

「やっぱり加賀さんが犯人なのね」

「実は、僕は違うと思っているんです。理由は言えませんが――」

さっぱりとした気性のあきは、ここでもあれこれ聞かなかった。

「そうすると他に犯人がいることになります。状況から考えて、通りすがりの人間の犯行とは思えません。離れには鍵がかかっていましたし、無理に侵入した形跡はありません。そうなると――」

「屋敷の人間がやったということになるのね」

「姉さんは相馬家についてお詳しいのでしょうね」

あきが花守を軽く睨んだ。

「貴方は私を金棒引《かなぼうひ》きにしたいの」

「とんでもない。姉さんがたしなみ深い淑女だということは、この僕が誰よりも知っています」

「まあ、憎らしい」

そう言いながらもあきの顔は仕方なさそうに笑っていた。

「私がさほさんと出会ったのは慈善会の集まりだったの」

さほのまわりを年若い女性たちが取り巻いていたという。

「姉さんと同じですね」

花守がそう言うと、あきが苦笑いを浮かべた。

「私はただのおせっかいよ。でも、さほさんのまわりにいる方々は、何というのかしら——崇拝しているとでもいった様子なの。さほさんはあの通り美しい上に面倒見もいいから、仕方がないのかもしれないけれど」

花守は小間使いのふじを思い出した。

確かにあの態度は崇拝しているといってよいだろう。

注目を集めるさほは何かと話題になっていて、聞くともなしに噂話があきの耳に入ってきた。

さほが女学校の卒業を待たずに、二回り近く年上の栄一と結婚したのは、栄一がさほを見初めて、彼女の実家の江原家に熱心に結婚を申しこんだのに加えて、その頃、さほの父親が亡くなったことも大きいという。

さほの家族は父親と年の離れた兄の二人だけで、母親は幼い頃に亡くなっていた。

さほは父親に溺愛されて育ったが、兄は後継者として厳しく躾《しつけ》られており、兄妹の間に温かな感情の通い合いはほとんどなかったらしい。

父が亡くなり兄が家を継ぐと、さほにとって家は居心地の悪いものになった。

「相馬さんがいらっしゃったとき、さほさんのお兄様は、あのようなお転婆《てんば》では貴方の迷惑になるでしょうとおっしゃったそうよ」

「お転婆には見えませんでしたが……」

あきが肩をすくめた。

「私もそこまで親しいわけではないから、本当のところは分からないけれど、兄妹の折り合いが悪かったのは確かなようね」

「では、相馬さんの申し出は渡りに船だったということでしょうか」

「どうかしら」

さほは折りに触れて、「せめて学校を卒業したかった」と言っていたらしい。

「でも、さほさんが『旦那様は気前がいい』とおっしゃっていたのを聞いたことがあるから──

――」

「それは僕も聞きました」

「亡くなったお父様は、さほさんの願いを必ず叶えてくださったそうなの。有《あ》り体《てい》にいえば、欲しい物は何でも買ってくださったということね」

そんなさほであれば、栄一のように年上で裕福な男が夫としてちょうど良かったのかもしれなかった。

「相馬さんについては何かご存知ですか」

「主人が相馬さんと同じ倶楽部の会員なのよ。フロラ会といってね」

「ああ、存じ上げていますよ。――義兄さんは園芸に興味がおありでしたか」

「なくもないというところね。古い友人に誘われて、断り切れなかったそうなんだけど――」

あきが複雑な表情になった。

「悪名が高いのよ、フロラ会は」

「またどうして」

「それは後で教えてあげるわ」

栄一は生まれつき裕福で趣味の幅が広く、大人しい男というのが、あきの夫である平原の評価である。

だが、知人の代理で女学校の理事会に出席した折り、さほに出会ってすぐに結婚を申しこんだ。

あの相馬が、と倶楽部ではひとしきり話題になったらしい。

「これで真の倶楽部会員になれるかもしれない、と言われたそうよ」

「どういう意味ですか」

あきが怒ったような顔で言った。

「フロラ会の男性は、身内の女性に頭が上がらない人が多いといわれているの」

噴き出した花守を、あきが睨みつけた。

「やっぱり笑ったわね」

「姉さんと義兄さんほど仲のいい夫婦は見たことがありませんよ」

実際、所属している倶楽部についてこれだけ詳しく妻に話しているのだから、夫婦仲はうまくいっているに違いなかった。

「まあ、いいわ。——そのフロラ会の会員は、気の強い母親や妻を持っている男性ばかりという話よ。きっと男同士で集まって、女たちの悪口を言っているんでしょうよ」

「それは惚気《のろけ》や自慢と紙一重ではないでしょうか」

どうかしらね、とあきは唇を尖らせたが、すぐにその顔が曇ってしまった。

「そうはいっても、中には本当に大変な家もあるようよ。お母さんが性格のきつい方で、お嫁さんが病気になってしまったとか」

「可哀想ですね」

「でも不思議な話なのだけれど――」

あきが心なしか声をひそめた。

「このフロラ会に入ると物事が良いほうに変わるんですって」

「と言いますと――」

「その鬼のような母親が、しばらくして穏やかな性格になったという話よ」

花守は目をみはった。

「信じられないでしょう。でも、そんな噂をよく聞くそうよ。他にも、奥様が家に出入りする若い男性たちに、しきりに色目を使うものだから――」

花守は咳払いをした。

「あら、失礼。奥様の行状に困り果てていたご主人も、フロラ会に入会してからは、安心して家を空《あ》けることができるようになったとか」

「驚きましたね」

「本当かどうか分からないけれど、園芸に興味はなくても、母親や妻を大人しくさせたいからといって入ってくる人もいるらしいの」

花守は唸った。

「どなたか、親身になって相談に乗ってくださる人生の大先輩がいらっしゃるのでしょうか」

「年配の方は多いそうだけれど、年を取っているからといって女性の扱いに長《た》けているわけではないでしょうし――」

あきが眉を寄せた。

「こんな話で貴方の助けになるかしら」

「残念ながら、僕にはならないでしょうね」

夕飯を食べていきなさいという姉の手を振り切って、花守は平原邸を後にした。


花守はその足で農商務省に向かった。

今日は週に一度行われている打ち合わせの日だったからだ。

「よう、先生。久しぶりだなあ」

声をかけてきたのは守衛の柳井《やない》で、日に焼けた顔をくしゃくしゃにさせて駆け寄ってきた。

「最近ちっとも顔を見せねえじゃねえか。いつもあのべっぴんさんひとりでよう」

「申し訳ありません。少し忙しかったものですから」

そう言うと、柳井はひとり合点《がてん》してうなずいた。

「そりゃ仕方ねえ。あんたみたいに腕のいい歯医者じゃあ、引っ張りだこに決まってらあな」

腫《は》れ上《あ》がった頬を押さえながら門の前に立っていた柳井の歯を診《み》たのは先月のことである。

よほど歯医者で嫌な思いをしたらしく、説き伏せるのに時間がかかったが、一度治療をするやいなや、柳井は熱烈な花守贔屓になった。

ただし、「舎弟にしてくれ」という頼みは丁重にお断りした。

「白菊君はもう帰りましたか」

「まだ見てねえよ。見逃すはずもねえしなあ」

柳井がそう答えたときだった。

入り口に白菊が姿を見せた。

いずれも似たような背格好の男たちが出てくる中で、着物姿に美貌の白菊は一際目立っていた。

「白菊」

花守が声をかけると、白菊は顔を強張《こわば》らせた。

「……何の用ですか」

「姉から相馬家の人たちについていろいろと教えてもらってね。君の役に立つんじゃないかと思って――」

「いい加減にしてください」

声を荒らげた白菊を見て、柳井が呆気《あっけ》に取られた。

「――歩きましょう」

白菊は日の傾いた空の下を、先に立って歩き始めた。

花守はしばらくの間、砂埃の立つ白い道を歩きながら白菊の背中を見つめていた。

姉の家から農商務省へと急ぎながら、白菊の役に立つかもしれないと興奮していた気持は、いつの間にか静まっていた。

波が引いて穏やかになった心に、ようやく己の本心が見えた。

「君と話がしたかったんだよ、白菊」

白菊が立ち止まった。

「役に立ちたいという気持は嘘じゃない。でもそれは建前だ。僕は君と話がしたかった。だからここに来たんだよ」

「何の話ですか」

「僕は事件を調べたい。今まで通り、君と一緒に。そう言いたかった」

白菊が振り返った。

「生命を懸けて、ですか」

「心配してくれてありがとう」

花守が笑ってそう言うと、白菊は顔を背けた。

傷つけたくない、守りたいという彼の気持が痛いほど分かっても、どうするか決めることができるのは花守だけなのだ。

それを分かってほしかった。

選ぶ権利は花守だけが持っている。

「シャルパンティエさんの報告書を軽く見ているわけじゃないし、どうなってもいいと思っているわけでもない」

花守は、白菊がたったひとりで異客に立ち向かってきたことを思う度に胸が痛んだ。

自分に手伝えることがあるならば、いくらでも手を貸したかった。

花守は望んでここにいるのだ。

「ですが、もし――」

「そうだね。だからそのときは」

花守は言葉を切って続けた。

「僕に何かあっても、傷つく覚悟をしてくれないか」

白菊は長い間、うつむいていた。

花守は待っていた。

彼の心が、ひとつところに落ち着くのを、ただ見守っていた。

ひとりで戦うことに慣れた彼にとって、他人は守るべき対象なのだ。

しかし今、花守は白菊の友人として、ただ守られる存在でありたくはなかった。

彼と共に並んで歩き、異客に向き合うことを受け入れてほしかった。

「まったく――」

　そう言って白菊は顔を上げた。

「貴方は誰なのでしょう」

「僕は歯科医だよ」

　白菊が噴き出した。

「初めて会ったときも、貴方はそう言いましたね」

「覚えてるよ。それに今は君の友人だ」

　白菊が微笑んだ。

　その姿はまさに咲き誇る大輪の白菊に見えた。


　花守と白菊は歯科医院の応接室に向かい合って座っていた。

　こうして二人が、ここで顔を合わせるのは何日ぶりだろうかと感慨にひたる間もなく、花守は切り出した。

「犯人の目途はついたのかい」

「おおよそは」

　白菊があっさりと言った。

「相馬家で貴方と一緒に話を聞いていたときに、いくつか手がかりがありましたので――」

花守は天を仰いだ。

「僕は何も気づかなかったな。君と比べると、僕には目も耳もないような気がしてくるよ」

「そんなことはないでしょうが――。先ほどおっしゃっていた相馬家の方々について教えていただけませんか」

そうだった、と花守が一通り話して聞かせると、白菊はしきりにうなずいていた。

「どうだろう。何か君の参考になるかい」

「ええ。動機が分かったように思います」

「ははあ――」

一歩も二歩も先を行っている白菊についていけず、花守は呆然とするしかない。

「青花紙の絵の具は下絵を描くためのものですから水で簡単に消えます。――人の心の澱《おり》もそんなふうに消えてくれたら、異客に寄生されることもないのでしょうね」

白菊はそうつぶやいた後、続けて言った。

「ところで、そのフロラ会の噂ですが――」

「家庭内が落ち着くという話かい」

「ええ――」

白菊は眉間《みけん》にしわを寄せていたが、やがて振り切るように言った。

「その件は後にしましょう。私はこれから、相馬栄一さんにお会いしようと思っています」

「どうしてだい」

「それが必要だからです」

花守はため息をついた。

はっきりとしたことを口にしないのは相変わらずである。

「そして、できれば自然な形で、彼とだけ話をしたいのですが、お力添え願えませんか」

「分かった。姉さんに協力してもらうよ。——僕も行っていいかい」

「覚悟をしろと言ったのは貴方でしょう」

そう言った白菊の肩がかすかに震えていた。

彼にとってはそれほどのことなのだと、花守は改めて思い知らされた。

力があるがゆえに、自分がすべてを背負うのに慣れきっている彼が、危険を承知で花守と共に事に当たろうとしているのだ。

花守は立ち上がると、両腕を伸ばして白菊の肩に手を置いた。

「ありがとう」

白菊は目を閉じて何も言わなかった。

「私に何かお話があるとか」

栄一が手紙を折り畳みながら言った。

一週間後、花守と白菊が再び相馬邸を訪れると、栄一は書斎で二人を出迎えた。

「趣味の広い方」と言われていただけあって、書斎の中には極小の盆栽があるかと思えば繊細《せんさい》な陶器が並び、そのかたわらには複雑な文様《もんよう》が織られた布地が飾られているといった具合で博物館のような印象を受ける。

ただ、持ち主の栄一の趣味を反映してか、不思議と統一され、落ち着いた雰囲気が漂っていた。

さほはすでにあきが誘い出しており、栄一に対しては、花守の義兄が「フロラ会の件で」と、面会の約束を取りつけてくれていた。

そして、「詳しい話は当日うかがう二人から聞いてほしい」という内容の手紙を書いてもらったのだ。

小間使いのふじがお茶を並べて出ていった後、白菊が切り出した。

「申し訳ありません。実はフロラ会ではなく、先日の宝石盗難の件でうかがいました」

栄一が片眉を上げげた。

「ほう――ですが、どうしてこんな手のこんだ真似を?」

「相馬さんにとって、こうすることが大事だと思ったからです。私どもの話を聞いていただければ、相馬さんもきっと同意なさるでしょう」

「おっしゃっていることがよく分かりませんが――平原さんにはお世話になっておりますし、彼の紹介状がある貴方がたの話を聞かないわけにはいかないでしょうね」

ありがとうございます、と言って、白菊が小さな紙片を差し出した。

「まずこちらをご覧ください」

それは青――というにはあまりに深い、太古の森にひっそりと湧き出る水底から、そのままにすくい上げたような色をしていた。

「これが何かお分かりになりますか」

「青花紙でしょう。友禅の下絵に使うものです」

「おっしゃる通りです。手に入りにくい物でしたので、農業試験場から譲ってもらいました。――これと同じ物が離れの玄関にある水盤に落ちていたために、加賀さんがここへ来たことが分かってしまったのでしたね」

栄一の顔に「何を今さら」という表情が浮かぶ。

「ですが、加賀さんの落とした青花紙が、いつの間にか消えてしまっていたのです」

「私もその話は聞いています。タケという若い女中が水盤を割りましてね。恐らく、池から小川に流れ出たのでしょうが――」

「皆、そう思ったでしょうね。そして警察も同じように考えたでしょう」

屋敷の人々が口を揃えて「加賀が来た」と言い、彼の家へ急行したところ、本人は「行っていない」と嘘をつき、挙句に家の中から盗品が出てきた。

証拠は完璧で、そのきっかけになった青花紙の存在はうやむやになってしまった。

栄一が言った。

「青花紙がなくなったことが、どうだというのでしょうか」

「先日、タケさんからお話をうかがったときに、彼女は興味深いことを言っていました」

——ただの紙に見えましたけど……

「それはそうでしょう。青花紙は紙に青い汁を塗ったものですからね」

「私も同じように言いました。その発言に意味があるとは思っていなかったからです」

白菊はタケに、青花紙というのは絵の具で、水に浸すと青い色が溶け出てくるのだと教えた。

だが、それでもタケは納得したように見えなかった。

それは彼女の理解が遅いからではなく、自分が見たものと違っていたからではないかと、白菊は後になって気づいた。

「私は後日、タケさんのお住まいを訪ねて確認しました」

白菊であれば、必要な情報は警察を通じて得ることができる。

白菊の問いに答えて彼女は言った。

——あの紙から色なんか出てませんでしたよ

彼女は何の気なしに、水盤の中に浮いていた紙をつまみ上げていたのだ。

栄一が身を乗り出した。

「――どういうことですか」

「タケさんがおっしゃった通りです。あの日、水盤の中に浮いていたのは青花紙ではなく、藍色をした、ただの紙でした」

「だが、私は青い液体が広がっているのを見ましたよ」

「藍色の絵の具でも、万年筆のインクでも、流しておけばそれらしく見えるでしょう。青花紙と違って手に入れやすいものですから」

「いや――分からない。どうしてそんな――」

白菊がきっぱりと言った。

「これは加賀さんに罪をなすりつけるための、巧妙に仕組まれた罠《わな》だったんです」

「罠とは、穏やかではありませんね」

「盗難があった日、相馬さんとさほさんが、さほさんのご実家に行かれたのはどういう経緯《けいい》でしたか」

ふいに白菊が話を変えたので、栄一は面食らったようだった。

「経緯――というほどのことはありませんでしたよ。加賀さんがいらっしゃる数日前でしたか、妻が実家へ行こうと言い出したのです。急なことでしたが、結婚以来、一度も顔を出していませんでしたので……」

「さほさんはご実家から招待を受けたとおっしゃったのですね」

「ええ、まあ」

「ですが実際はそうではなかった」

栄一の顔が強張った。

「何を根拠に――」

「私たちがさほさんからお話をうかがったとき、彼女はこう言いました。『わたくしの実家に揃って招かれまして』と。ですが、その後、お戻りになった相馬さんと門の辺りですれ違ったとき、貴方はこう言いました。『急にこちらから出かけて、ご迷惑をおかけしたのだから、手紙くらいは書きなさい』と」

今更ながら、花守は白菊の記憶力の良さに感心した。

「失礼ながら、さほさんとご実家の折り合いはあまり良くないとのことです。貴方は招待を受けたと聞いて不思議に思ったでしょう。そして実際に行ってみて、招待を受けたのでなく、さほさんが押しかけたのだと気づいた――」

「そんな個人的なことは、今は何の関係もないでしょう」

憮然とした栄一に構わず白菊が続けた。

「留守にするにあたって、貴方は加賀さんに葉書を出しました。――さほさんに出しておくよう頼んだのでしょうね」

「そうですが……」

「ですが、彼女はそれを投函《とうかん》しなかったのです」

「何故それが――」

「お分かりでしょう。加賀さんをこの屋敷に呼び寄せるためです」

加賀はいつも通り、相馬家の離れにやって来た。

好遇を受けている彼は、鍵のありかを知っており、たとえ離れが無人のように見えても、中へ入り待つことを許されていた。

「中に入った加賀さんは驚いたことでしょう」

離れは荒らされており、宝石の保管されている棚も引っくり返されていた。

泥棒が入ったことは一目瞭然《いちもくりょうぜん》である。

栄一が反論した。

「本邸には使用人たちがいました。すぐに伝えればすむことです」

「加賀さんは自分の置かれた微妙な立場に気づいたんですよ」

加賀は鍵を使って離れに入ることができ、宝石の保管場所も知っている。

おまけに腕の良い職人ではあったが、花柳界《かりゅうかい》に足繁《あししげ》く出入りしていて借金も多い。

真っ先に自分が疑われるに違いないと考え、逃げたのだ。

もし警察に訊かれても、当夜は急に都合が悪くなって行けなかったと答えればよい。

「疑われはしたでしょうが、証拠がなければ言い抜けられたと思います。だが、証拠があった。百発百中、加賀さんと結びつけられてしまう証拠です。しかし、それは捏造《ねつぞう》されたものでした」

今や栄一の顔は青ざめていた。

「私は水盤に浮いていた青花紙が偽物《にせもの》だったという視点から、この事件を見直しました」

まず引っかかったのが、さほがつゆ草を摘んでいたというしげの証言である。

普段、さほは華美な洋花を好んでいたという。

だが、タケの証言から分かる通り、摘んだというつゆ草が邸内に飾られた形跡はなかった。

「ご存知の通り、青花紙は『青花』から作られますが、『青花』は元々、つゆ草です」

しかし、青花紙を作るためには、庭先で摘んだ程度のつゆ草とは比べものにならないくらいの量が必要であり、繰り返し紙に塗り重ねなければならない。

片手間にできるようなものではなかった。

「青花紙は誰もが購入できるものではありません。ですから、さほさんは自分で作ろうとしたのでしょう。場所は離れの台所だったかもしれません。だが、青花紙作りはすぐに頓挫《とんざ》してしまった」

代わりになるものはないか――さほはそう考えたことだろう。

本物でなくてもいいのだ。

それらしく見せかけて、加賀が離れに来たことを証明してくれさえすればよい。

「私でしたら藍色の紙を使います。そう考えて、小間使いのふじさんのご実家が紙屋だということを思い出しました」

白菊はふじの実家へ行き、相馬家の知人だといってそれとなく話を聞いたところ、ふじの父親がすらすらと教えてくれた。

「さほさんが『藍色の紙がほしい』と言って突然やって来たそうです。私でしたらまったく無関係の店に行きますが、彼女は自分が疑われるはずはないという自信があったのでしょう」

だが、その「青花紙」が警察に押収されてしまったら、藍色の紙だと分かってしまう。

「これは私の推測ですが――」

さほはわざと池のそばの不安定な場所に水盤を移動させたのだろう。

そうして隙を見て水盤を割り、「青花紙」を回収した。

移動をタケに任せたのは、水盤が割れても「彼女ならやりかねない」と誰もが思うだろうと考えたからに違いない。

「ですが、タケさんがわざわざ紙をつまみ上げてじっくりと見たことは、さほさんにとって計算外でした」

「何故、妻がそんなことを――」

栄一が震える声で言った。

「お金が欲しかったからだと思いますよ。宝石を売れば、かなりの金額になったでしょうから」

「馬鹿な。あいつには何でも買ってやったのに――」

白菊がため息をついた。

「詳しくはさほさんにうかがうしかありませんが、相馬さんの社会的な立場を慮《おもんぱか》って、先にお話をさせていただきました」

栄一は頭を抱えている。

「さほさんが戻られたら、相馬さんの立ち合いの元で――」

白菊がそこまで言ったときだった。

書斎の扉が乱暴に開いて、何かが飛びこんできた。

「お前のせいだ」

小間使いのふじは、そう叫ぶなり栄一に飛びかかって滅茶苦茶に殴り始めた。

「何をする。気でも狂ったか」

必死に逃げようとする栄一から、花守はふじを引き離したが、背中から両腕を摑んで押さえても、うっかりすると跳ね飛ばされそうになる。

「お前が悪いんだ。お前のせいでさほ様は――」

普段見せていた愛想のいい笑顔は消え、ふじは鬼のような形相で栄一を睨みつけている。

「さほ様は悪いことをなさるような方じゃない。お前があんなものを飲ませたからだ」

ふじがそう言った瞬間、栄一の顔色はほとんど真っ白になった。

「だ、黙れ……」

「お前が飲ませたのは毒だ。毒に決まっている。それなのにさほ様はお前を信じて毎日飲んでいたんだ。さほ様は悪くない。お前が毒を飲ませたからだ」

「今のお話はどういうことでしょうか」

白菊が栄一を冷たく見やった。

「貴方はさほさんに何を飲ませていたのですか」

栄一が激しく頭を振った。

「ただの栄養剤だ、あれは――」

「嘘をつけ。私は聞いたんだ。お前が電話で――」

「やめろ」

栄一が叫ぶのと、それが現れたのは同時だった。

「まさか――」

白菊がうめき声を上げた。

栄一が首に両手を当ててのけぞっている。

その指の隙間から枯れた蔓がうねうねと伸び、首のまわりに巻きつき始めたのを見た途端、花守の腕の中でふじが気を失った。

呆然としている白菊をよそに、花守はふじを椅子に横たえると栄一に向かって突進した。

「やめてください、花守さん」

白菊がはっと我に返って叫んだ。

「覚悟するって約束だ」

花守に迷いはなかった。

いつも通り指は正確無比に動き、蔓はほどけ、力を失った。

＊

今年は空《から》梅雨かと思われたが、今更のように雨の日が続いている。

数日後、花守と白菊は歯科医院の応接室で向かい合っていた。

「自由に使える金が欲しかった、か」

さほの供述である。

何でも買い与えてくれるといいながら、それは栄一が選び、彼の眼鏡にかなったものだけだった。

夫と妻の趣味が同じならば問題はなかったろうが、年が二回りも離れていては合うはずもない。

そもそも本邸も離れも気に入らず、それでも離れに入り浸りだったのは、実家から持ってきた調度品の置かれた私室だけがさほの心休まる場所だったからだ。

日を追うごとに、さほに対する栄一の干渉《かんしょう》は強くなった。

さほは友人たちを家に呼んだり、あちらこちらと出かけるのが好きだったが、栄一はそれもやめろという。

取り巻きに持ち上げられて喜んでいるのは下品だといい、友人たちにご馳走したり、贈り物をしたりする金も出してもらえなくなった。

父親に守られていた娘時代、さほのまわりは好みの品々で溢れており、行動の制限はなく、それが当たり前だった。

口うるさい兄から逃れて、富裕な家に嫁いだが、さほの当ては完全に外れてしまったのだ。

追いつめられたさほは、栄一から贈られた宝石を盗まれたことにして売り払おうと考えた。

もとより思い入れなどない。

加賀に罪をなすりつけることにしたのは疑いの目をそらすためだが、何より「あの人の作る着物は嫌い」だったからという。

まず、さほは加賀の家へ連れていってもらい、宝石をひとつ引き出しの中に入れておいた。

加賀の家は乱雑だったから、そんな小さな物が見つかる気遣いはない。

さほは青花紙を盗み出そうともしたらしいが、どこに何があるか分からず諦めたという。

そして青花紙を作ろうとしてできず、藍色の紙を使った経緯は白菊の推理通りだった。

ここまで準備を終えた後で、さほは実家に招待されたと嘘をつき、栄一が加賀宛てに書いた葉書を握り潰した。

当日、さほはふじに休みをやり、離れを荒らした上で、出かける支度をすませた。

支度が早かったのは、離れまで迎えに来られては困るからだろう。

戻ってくると水盤に藍色の紙を入れ、青い万年筆のインクを流した。

花守は言った。

「さほさんが『加賀さんが無実であってほしい』と言ったのは、警察の中で他に犯人がいるのではないかと考えている者がいると聞いたからだろうね」

さほは内心慌て、協力すると見せかけて加賀の心証を悪くしようと考えた。

そうでなければ、青花紙が腕に張りついていただの、栄一から借金をしていただの、わざわざ言うわけがない。

「何かおっしゃいましたか」

ぼんやりとしていたらしい白菊が、ふいに顔を上げた。

「何でもないよ。――君が考えていたのは例の『栄養剤』のことかい」

白菊がうなずいた。

ふじは心酔していたさほのために、屋敷中で立ち聞きをしていたという。

女主人付きの小間使いが、その夫や古参の女中に反感を持つのはよくあることだが、さほにうまく仕向けられた可能性もある。

ふじはあるとき、栄一が電話で「あの薬があれば妻も大人しくなるだろう」と言ったのを耳にしたという。

フロラ会の噂から考えれば、気の強い女性が「大人しくなる」ということだが、ふじは毒薬と勘違いして、さほに飲まないよう懇願《こんがん》した。

だが、さほは笑って取り合わなかった。

栄一の好意に感謝していたからではない。

何とさほは飲むふりをしていただけだったのだ。

そのことをふじに言わなかったのは、ふじが本気で心配をしていれば、さほがちゃんと薬を飲んでいるのだと、しげが信じるからだろう。

白菊が言った。

「ふじさんに問い詰められて、栄一さんの首から異客の蔓が現れました。彼は悪意を持ってさほさんに薬を飲ませていたのです。つまり、己の行いが悪いことだと承知していた、ということです」

今回は異客のそばに悪意を持った二人の人間がいたことになる。

異客が寄生したのは栄一だったが、さほに寄生してもおかしくなかったはずだ。

相馬家から押収した「栄養剤」を農商務省が分析したところ、成分は不明だが毒性はないとのことだった。

栄一は「店で買った栄養剤だ」と言い張っているという。

「どんな香りだい？」

「――私はあの『栄養剤』とよく似た香りを知っています」

「強《し》いていえば菊の香に似ていますが、それよりもわずかに甘酸っぱい匂いがします。あれは――」

白菊が苦痛をこらえるように膝の上の手を握り締めた。

「あれは、異客の香りです」

「何だって」

「先日、フロラ会の噂を聞いて思い出しました」

白菊は農商務省の嘱託《しょくたく》になるにあたって、実家にあった異客に関わる覚え書きにはすべて目を通したというが、その中に、「異客の蔓の効能」という箇所があった。

ただし、その頃の白菊は、異客をいかに「鎮める」かばかり考えていたので、さして注意を払わず、今まで記憶の中に埋もれていたという。

「異客の蔓を煎じたものには、人を大人しくさせる力があるとか——」

白菊は固い表情のまま唇を噛み締めている。

窓を激しく打ちつける雨音が、静かな部屋の中に響いていた。

第四話
菊

「珍しいこともあるものだね」

花守啓介《はなもりけいすけ》と白菊芳史《しらぎくよしふみ》に気づいた細面の男がわずかに目を見開いた。

そのかたわらには白髪頭の小柄な女性が立っていたが、白菊を見てはっと息を呑んだ。

男は四十代の半《なか》ば、着物を襷《たすき》がけにして何やら摘んでいたが、「うめはここにいなさい」と声をかけると、籠を足元に置き、額の汗をぬぐいながら畠《はたけ》を出て二人のほうへやって来た。

その日、花守と白菊は小石川区《こいしかわく》にある白菊の実家を訪れていた。

白菊家は江戸の頃から名の知られた植木屋で、「白菊園」と名づけられた広大な地所には昔ながらに様々な木が植えられ、庭石や石灯籠《いしどうろう》も並んでいるが、大正の今では花卉《かき》栽培も盛んだという。

すぐそばを江戸川《えどがわ》が流れ、川向こうには椿山荘《ちんざんそう》の広大な庭が広がる、緑深い一帯である。

「ご無沙汰しております」

白菊は頭を下げたが、隣にいる花守にもその緊張が伝わってくる。

「まったくだね、芳史。――で、こちらは」

男が花守に顔を向けた。

「花守啓介です。新富町《しんとみちょう》で歯科医院を開いています」

「私は芳史の伯父で白菊徳史《のりふみ》と申します。――歯のお医者さんが何だって、芳史と？」

「それは後でご説明いたしますので――」

うつむいたままそう言った白菊を見て、徳史は畠の脇に建っている小屋を指差した。

「中で待っていなさい」

礼を言うやいなや、白菊は足早に小屋の中に姿を消した。

*

白菊が実家へ行くと言ったのは、つゆ草にまつわる事件が解決してしばらく経《た》ってからのことだった。

遅い梅雨が明け、開け放った窓から蟬《せみ》の鳴き声と、近所の家の軒先《のきさき》に吊るされた風鈴の音が聞こえてくる。

花守と白菊はその日も花守歯科医院の応接室にいた。

窓から通りを見下ろせば、行き交う人々がしきりに扇子《せんす》で風を入れているというのに、白菊は相も変わらず涼しげなたたずまいである。

「白菊の家には、異客《いかく》について独自に調べた覚え書きがあるんです」

それを改めて見たいという。

鎖国を解いた日本に、ある寄生植物が流入した。

名を異客という。

異客は植物ではなく人間に寄生し、人の悪意を養分として生き延びる。

白菊家は代々、園芸を家業とする一族であり、異客が日本に流入した際には政府から相談を受けたほどだった。

「気をつけて読んだつもりでしたが、今、読み返してみれば、何か新しいことが分かるかもしれません」

そう言って白菊は、無意識にか、花守の腕を見た。

――異客の蔓《つる》をほどいた人間は、体内に異客の毒素が蓄積して死に至る
来日中の仏蘭西《フランス》の園芸家シャルパンティエが農商務省に提出した報告書について聞かされたのは、一カ月半ほど前のことである。

異客の蔓をほどいた人間の皮膚には異常が見られるそうだが、それは花守の腕にも現れて

いた。

「最近はいかがですか」

「出たり出なかったりだね」

花守は努めて明るく言ったが、白菊の顔は強張《こわば》ったままだ。

報告書の内容を知って、白菊はすぐに花守を異客から遠ざけようとしたが、花守は拒んだ。

呑気な性分ゆえ、「死ぬかもしれない」などと言われてもピンとこなかったというのもあるし、異客に対して興味が湧いてきてもいた。

だが、あれこれと考えても、最後に辿り着くのは、白菊をひとりにしたくないという想いだった。

異客は人の悪意を糧《かて》にするがゆえに、白菊は異客を自らに呼び寄せた人間の引き起こす事件に直面してきた。

そして罪が暴かれた際に、犯人の身体から逃げ出そうとする異客の蔓を枯らさなければならなかった。

無理に枯らすとき、異客は苦しむという。

人よりも植物に親しみを覚える彼が、人に害を為《な》すとはいえ異客の命を絶つのはどれほどの辛さだろうか。

他に誰もいないからとすべてを背負い、ひとりで苦しみに耐えている彼を見て、「仕方ない」

とは言いたくなかった。

しかしその願いは、花守を危険にさらしたくないという白菊の願いと矛盾するものでもあった。

それでも白菊は聞き入れてくれたのだ。

花守は重い気持を吹き飛ばすように言った。

「君のその姿から察するに、君のご実家は美形ばかりなんだろうね。見てみたいよ」

「私に似た人はひとりもいません」

そう言って白菊が小さく笑った。

「母とはそっくりだそうですが、私が赤ん坊の頃に死んでしまいました。それに、私は家の者から疎《うと》まれていますので、一緒に行けば嫌な思いをするかもしれません」

白菊が両手を強く握り締めた。

触れる植物をすべて枯らしてしまう彼の手は「黒い手」と呼ばれているという。

「その——君の他には誰もいないのかい」

「いません。母は私と逆の力を持っていたようですが——」

そう言って、白菊は母親について話し始めた。

白菊の母はるもまた稀な力の持ち主だった。

幼い頃から人といるより草花と過ごすほうが好きで、枝葉に顔を寄せる様はその声を聞いているように見えたという。

そのためか、植物を育てる才能は非凡なものがあって、海外から取り寄せた珍しい植物も難なく育ててしまう。

白菊家の人々が、はるを「天からの授かりもの」と呼んで大切にしたのも当然だった。

そのはるが書き置きを残して駆け落ちしたのは彼女が十七のときだ。

相手は桜木《さくらぎ》という名の園丁で、白菊家では八方手を尽くして捜したが、突き止めることができなかった。

桜木には身寄りがなく、はるは箱入り娘として育てられていたから、まるで煙のように消えたとしか思われなかった。

しかし、それから二年ほど経った頃、はるが赤ん坊を連れてふらりと戻ってきた。

白菊家の広大な「白菊園」には、白菊だけを咲かせている特別な場所があるのだが、そのかたわらにぼんやり立っているところを父親が見つけたのだ。

すっかり身体が弱っており、相手の男のことを聞いても「病で死んだ」と答えるだけで要領を得ない。

それまでの間、どこでどのように暮らしていたかも、まるで分からなかった。

やがて、はるは花が散るように死んでしまった。

はるの忘れ形見である芳史は、白菊家で育てられることになった。

「私の力は赤ん坊の頃から現れていたそうです」

ただでさえ特異な力だが、植物を育てる家にそれを枯らす人間がいるのは不吉だと、このことは固く秘されたという。

白菊家は草木とともに生きてきた家だけあって、芳史の存在そのものが危険だったのだ。

「誰もが私に距離を置いていました。面と向かって言われたことはありませんが、扱いに困っていたのでしょう」

植物ならば何であれ、芳史に触らせるわけにはいかないのだ。

家族が皆、忙しく立ち働いているときも、芳史は遠くからそれを眺めているしかない。

優しくされ、気を遣われるほどに、いたたまれなくなった。

この輪の中に、自分は入ることができない――。

ひとりで時を過ごすことの多かった芳史は、自然と書庫へ出入りするようになり、そこで異客について知るようになった。

それは時おり、家の中で囁かれていた言葉であり、忌み嫌われていた存在でもあった。

十八になったとき、芳史は農商務省の嘱託《しょくたく》になることを決めた。

そこならば「黒い手」も役に立つ。

たとえそれが、罪を犯す人の心の闇と、無理に枯らされる異客の苦しみを目《ま》の当たりにすることになってもだ。

芳史は家を出ると、滅多に実家には戻らなかった。

語り終えて、白菊は無理に笑顔を作った。

「余計なことを申し上げました。どうも貴方の前では調子が狂います」

「そりゃ嬉しいね」

花守は白菊に同道すると約束した。


花守と白菊のいる小屋の細く開けた障子《しょうじ》の隙間から園丁たちの姿が見えていた。

そのかたわらに木製の植木鉢がいくつも並んでいる。

何の木であろうか、植木はいずれも子どもの背丈ほどの高さにまで伸びており、小さな鉢の中で窮屈そうにしている。

園丁のひとりが片手でようやく持てるくらいの石を地面に置き、おもむろに植木鉢を持ち上げると、その石に押しつけた。

次の瞬間、花守は思わず身を乗り出していた。

石が植木鉢の底にめりこんだかと思うと、植木が土ごとすっぽり抜けていたからだ。

「あれは鉢底が取れるように作られているんです。石が鉢底を押し上げるので、植え替えに便利なんですよ」

園丁の動きに見入っていた花守に気づいて白菊が言った。

「よく考えられているものだね」

「恐れ入ります」

白菊が嬉しそうに笑ったので、聞けば、白菊家と古くからつきあいのある兼田《かねだ》という指物《さしもの》師《し》に相談して作ってもらったのだという。

「これです」と言って白菊が小屋の隅から持ってきた植木鉢の底板は、上から押しつければ底にぴったりと嵌《はま》り、下から押し上げれば造作なく抜ける。

評判を聞いた植木屋や庭園から引き合いも多いらしかった。

「兼田さんはもうすでに古稀《こき》を迎えられていますが、今でも悪戯《いたずら》小僧のようなところのある方です。変わった細工の指物を作るのがお好きなんですよ」

底板には小さく、丸に「兼」という字が焼き印されている。

そこへ、さっぱりとした着物に着替えた徳史が現れた。

「うめさんもお元気そうで――」

白菊がうつむいてそう言うと、徳史がうなずいた。

「相変わらずだ。お前のことを気にかけていたよ」

土間より高くなっている六畳ほどの畳の上に三人が腰を下ろすと、徳史が言った。

「さて、話を聞こうか」

「異客に関わる覚え書きを見せていただきたいのです」

徳史の目がすっと細くなった。

「それについては後で――」

「花守さんなら大丈夫です。異客のことはご存知ですから」

徳史は花守をまじまじと見つめた。

「驚いたね。農商務省は知っているのかい」

「話は通してあります」

「それならいいが――覚え書きはどれもお前が以前、読んだものばかりだと思うが」

「それで結構です」

徳史はしばらくの間、迷うように唇を引き結んでいたが、やがて「待っていなさい」と言って、小屋を出ていった。

「あの伯父さんとは仲がいいのかい」

「伯父様は母のすぐ上の兄で、とりわけ母と仲が良かったとうかがっています。だからでしょうか、ずいぶん私を気にかけてくださいました。この時間ならば畠に出ていらっしゃることが多いので――お会いできて良かった」

白菊の顔に、農商務省園芸調査所長である西脇《にしわき》に見せていたのと同じ信頼感が浮かんでいる。

やがて徳史が風呂敷包みを小脇に抱えて再び現れた。

「ありがとうございます、伯父様」

「長い時間は無理だよ。見つかったらうるさい。父も兄も、お前が異客に関わることを喜ばないからね」

「分かっています」

風呂敷包みを押し頂いて、白菊が包みをほどくと、中から仮綴《かりと》じされた本が数冊現れた。

手を伸ばそうとした白菊に、徳史が言った。

「今月の末に、私が仏蘭西に留学していた頃にお世話になった方をお迎えして食事会をすることになっている。お前も来なさい」

「――予定が立ちませんので……」

小さな声でようやくそれだけを言った白菊を見て、花守は思わず手を差し伸べてやりたいような気持になった。

徳史はため息をつくと立ち上がった。

「お前がそれを読んでいる間、私は花守さんに園を見せてこよう」

小屋を出がけに振り返ると、白菊はすでに真剣な顔つきで頁《ページ》をめくっていた。

異客の存在を知らされた当初、白菊の祖父はこの異形の植物について熱心に調べていたそうだが、愛娘《まなむすめ》である白菊の母親はるの一件があってから、一切手を引いてしまったという。

以来、白菊家の覚え書きは書庫の片隅に押しやられ、内容を知る者は、白菊を除けば祖父と伯父たちだけだった。

はるは異客に対して強い関心を示していたという。

そして園丁であった桜木青年は、はるの手伝いをしていた。

異客のせいであんなことになったのだ――白菊家の怒りと後悔は強く深く、思い出したくない、関わりたくないという空気が醸成《じょうせい》されていったようである。

そのため、白菊家の覚え書きは、おおよそ明治二十年代までしか書かれていないという。

花守が徳史の案内で白菊園を見て回っている間、花守自身についてあれこれと訊かれることはなかったが、時おり探るような目で見られていることに気づかないわけにはいかなかった。

二人が小石川の白菊園から花守歯科医院に引き上げてくると、白菊は早速テーブルの上に書き留めた紙を並べた。

「何か分かったかい」

「皮膚の異常については何も――」

花守は思わず苦笑いを浮かべた。

「僕のことはいいよ。『栄養剤』の手がかりは見つかったかい」

つゆ草事件では、相馬栄一《そうまえいいち》が妻のさほに「栄養剤」を与えていたことが分かった。

それを暴露された相馬の首に異客の蔓が現れたことから、彼は悪意を持ってさほど「栄養剤」を飲ませようとしていたのが分かり、「栄養剤」もただの薬ではないと思われたが、相馬は市販薬だと頑強に言い張った。

異客に寄生されていたとはいえ、犯罪を犯したわけではないので、それ以上、相馬を問い詰めることはできない。

農商務省の分析でも毒性は認められず、成分は不明という結果だったが、白菊の鋭敏な嗅覚《きゅうかく》はその「栄養剤」から、あるものと同じ匂いを嗅《か》ぎ取《と》った。

異客である。

相馬はフロラ会という花の愛好団体に所属していたが、この会には不思議な噂があった。

会員の中には、身内の女性たちに頭の上がらない男性が多いという。

だが、フロラ会に入ってからは、彼らの気の強い母親や妻が大人しくなったというのだ。

それを聞いた白菊は、実家にある異客についての覚え書きに書かれていた「異客の蔓の効能」という箇所を思い出した。

異客の蔓を煎じたものには、人を大人しくさせる力があるというのだ。

「大人しくさせる」ということが、気力を奪うことなのか、穏やかな性質に変えることなのかは分からないが、縁を切ろうにも切れない家族に心底困らされている人間にとってその薬は喉から手が出るほど欲しいものに違いない。

相馬栄一も派手で外出が好きな妻を、自分の好みに合うように「大人しく」させたかったのかもしれない。

「効能についての記述は、母が口にした言葉を祖父が書き留めたもののようです」

優れた調理人が、初めて見た食材であっても、その魅力を最大限に引き出した料理を作るように、彼女には植物に対する天性の勘が備わっていたらしい。

誰が教えたというわけでもなかったが、はるは何百種類もの草木の薬効をそらんじていたというから驚く。

「まるで神農だね」

白菊家の人々がはるを「天からの授かりもの」と呼んだのももっともである。

だが、はる本人には己の知識を伝えよう、書き残そうといった意志はなく、たまに「あれはどう」「これはどう」と独り言のようにつぶやくだけで、異客について彼女が語ったのも、その蔓の効能についてのみだった。

「誰かがフロラ会を利用して、異客から作られた薬を『栄養剤』と称して会員に売り捌《さば》いているんだろうか」

白菊が言った。

「以前、北芝《きたしば》さんがおっしゃっていましたね」

――ここ最近、異客に寄生される事例が頻発《ひんぱつ》しています。このような時期に部外者を関わ

らせるべきではありません

「確かにこのところ異客の事件が増えています。私は何らかの方法で異客の種を手に入れ、大量にばらまいている者がいるのではないかと考えていました。そうすれば蔓を手に入れることができる確率が高くなりますから」

「僕たちの他に、異客を鎮《しず》めたりほどいたりする人間がいるってことかい」

「蔓は力任せに首から引き抜くだけでもよいのです。ただしその場合、寄生された人間は無傷ではすみません。身体と一体化していたものを無理やり引き剝がすわけですから」

実際、白菊が嘱託《しょくたく》になる前はずっとそうしてきたという話で、それ以外に方法はなかったのだ。

「どうも、想像したくないね」

花守は思わず首のあたりに手をやった。

「しかし、それが可能となると――」

「ええ。限られています」

花守の脳裏に西脇《にしわき》の温顔が浮かんだ。

欧州戦争以降、薬品の輸入が途絶し、国内での自給が喫緊《きっきん》の課題となり、農商務省においては薬草の栽培研究に力を入れている。

何しろ、西脇が所長を務める園芸調査所はそのために新設されたのだ。

これまでは排除の対象でしかなかった異客を薬草のひとつとして考えるようになったとしたらどうだろう。

研究の結果、異客の効能を知った農商務省が「栄養剤」を作り出したのではないか。役に立つ薬は高く売れる。

ましてや、人の心を操る力を持つとなれば、誰もが放っておかないだろう。

たとえ西脇が嫌だといっても、命ぜられたならば国家を支える官僚のひとりとして断ることはできないはずだった。

と、そこまで考えて、花守は「駄目だ」と思わず口に出していた。

持ち帰った蔓は、花守と白菊の目の前で燃やされているのだ。

農商務省が黒幕なら蔓を処分させるわけがないし、白菊のように異客を気遣う人間など面倒なだけで、真っ先に首にするはずだ。

花守の考えを読んだのか、白菊が言った。

「農商務省は異客を取り除くことしか考えていないと思います」

「しかしそうなると、他に誰がいるだろう」

「私の実家です」

花守は呆気《あっけ》に取られた。

「確かに可能だろうけど——君の家は、異客から手を引いたんだろう？」

「引いたと見せかけて、密《ひそ》かに調べ続けることはできます。その『栄養剤』とやらは儲かるでしょうからね」

「白菊家は資金繰りに困っているのかい」

「人の手で自然を作り出そうとすればお金がかかります。より良いものをと求めていけば、いくらあっても足りませんよ」

冷たくそう言った白菊だったが、花守と目が合うと、拗ねた表情を見せた。

「むろん、そうあってほしくはありませんが——何がおかしいのですか」

「いや、何も——」

花守はうつむいて笑いをこらえたが、素直な彼を見ると嬉しくなってしまう。

白菊が咳払いをした。

「可能性がある限り疑わなければなりません。信じたいという想いで目が曇ることもあります」

「今、僕たちに何か打てる手はあるかい？」

「待ちましょう」

「待つ？　何を？」

「今、巧妙に隠れていた何かが水面下で動き始めました。いずれ、何らかの形になって現れてくるでしょう。それを見逃さないことです」

応接室に夕闇が立ちこめ、長かった一日もようやく暮れようとしていた。

翌週のことである。

リノリウム敷きの治療室に現れた患者を見て花守は驚いた。

「どうしたんですか、北芝さん」

「歯科医院に来る理由などひとつでしょう」

いつもは能吏然《のうりぜん》として感情を表わさない北芝だが、今日はどこかふて腐れたような表情を浮かべている。

「その――守衛の柳井《やない》さんが、貴方は大層、腕がいいと吹聴《ふいちょう》しておりましてね」

「有り難いことです」

「こういった評価は主観的なものですから、それをすぐ真に受けたわけではありませんが、内務省の知人に腕の良い歯科医はいないかと訊いたところ、貴方の名前が挙がったんです」

「それは光栄ですね。――さ、どうぞ」

そう言って治療台に座るよう勧めても、北芝はずらりと並んだ銀色に輝く器具を睨みながら突っ立っている。

「どうしたんですか」

「――痛くないでしょうね」

花守は手指を消毒しながら必死に笑いを噛み殺した。

三十分ほどで治療を終えると、北芝が感心したように言った。

「驚きましたよ。歯科医というものは、人を痛めつけて喜ぶ手合いばかりかと思っていましたが――」

「患者の悲鳴に怯えて治療できないようでは歯科医の資格はないという方もいらっしゃいますからね。僕は違いますが」

花守は笑いながら白衣の袖をまくり上げ、手を洗い始めた。

ふと、北芝の視線に気づいて、花守は思わず手を止めた。

北芝はあらわになった花守の腕をじっと見ている。

肌にまた、皮膚の異常が現れていた。

「貴方は素晴らしい腕前をお持ちです。歯科医に専念したほうがよいのでは」

「僕のことは僕が決めますよ」

花守は笑ってみせたが、北芝は探るような目つきでじっと見つめている。

「貴方が異客に関わろうとするのは、何か理由があるからですか」

「僕は白菊君を助けたいだけですよ。彼とは友人ですからね」

「本当にそれだけですか」

北芝の三白眼が冷たく光った。

「異客の存在が貴方に大きな利益を与えているのではありませんか」

「どういう意味ですか」

「いえ、特には——失礼します」

振り向きもせずに治療室を出ていった北芝の言葉の意味を測りかねて、花守がしばらく考えこんでいると、元気よく治療室の扉が開いた。

「入ってもいいかしら」

「それは入る前に言わないと意味がないですよ」

さりげなく袖を下ろした花守の腕には気づかず、姉のあきは頬をふくらませて言った。

「あら、ご挨拶《あいさつ》ね。貴方が知りたがっていたことを知らせに来たのに」

「それは失礼しました」

花守はあきに、フロラ会で何か変事があれば、どんなことでもいいから教えてほしいと頼んでいたのだった。

「でもフロラ会についてなら、今、出ていった方にうかがえばいいんじゃないかしら」

「いえ、あの方は農商務省の参事官で——」

「そしてフロラ会の役員でもいらっしゃるでしょう」

今年の春、会員の家族も招待したフロラ会主催の園遊会が開かれた際に姿を見かけたという。

「本当ですか、姉さん」

真剣な表情の花守に、彼の姉は笑顔で言ったものだ。

「私、ああいう顔立ちが好みなの。だからよく覚えているのよ」


応接室の長椅子に腰を下ろすと、あきは早速、話し始めた。

「おかしなことがあったそうなの」

フロラ会の事務所は麹町区《こうじまちく》の通称「一丁倫敦《ロンドン》」に建ち並ぶ赤煉瓦《あかれんが》の中にある。

錚々《そうそう》たる人々が会員に名を連ねているだけあって、たかだか趣味の集まりといっても相応の場所が選ばれており、会費の徴収等を行う常勤の事務員も雇われていた。

並びの二室を借り切り、片方が事務所、もう片方を会員たちが歓談するサロンとし、こちらのほうには座り心地の良い椅子や園芸に関わる書籍を並べた書架を置き、会員や関係者が寄贈した花瓶や絵画も飾っていた。

先々週のことである。

事務員の草加《くさか》が出勤すると、何とサロンの椅子の上で貝塚《かいづか》という会員が眠りこんでいた。

驚いた草加が揺り起こすと、貝塚はぎょっとして飛び起き、「酔っぱらってしまって……」としどろもどろに言い訳をした。

何でも、数寄屋橋《すきやばし》近くの料理屋で酒を飲んだことは覚えているが、そこから先の記憶がないという。

どうやって中に入ったのかと訊ねると、「入ることができたのだから、鍵が開いていたのだろう」と、半ば開き直るように答えた。

これまで貝塚は、ほとんどサロンに顔を見せない会員だったが、その一昨日、朝一番にやって来て、一日中サロンで過ごした。

夕方に鍵をかける際、草加が貝塚に退室を促《うなが》したのでよく覚えていたのだ。

とはいえ、暇を持て余した会員の中には、そんなふうに時間を潰す者も少なくなかったので珍しいことではない。

貝塚は翌日も早い時間にやって来たが、その日はすぐにサロンから出てきたという。

草加は同じ洋館内に勤める、他の会社の事務員に声をかけられて、しばらく廊下で立ち話をしていたときにサロンを出ていく貝塚を見たのだ。

貝塚は思いつめたような表情をしていたという。

眠りこける貝塚が見つかったのは、その翌朝のことだった。

貝塚の言うことを信じるなら、昨夜、貝塚は酒を飲んだ後にサロンへやってくると、鍵がかかっていなかったので、これ幸いと中に入り寝てしまった、ということになる。

草加はすぐフロラ会の役員たちに連絡をしたが、サロンから紛失した物はなかったので、会はこの一件を不問に付すこととした。

奇妙な話ではあるが犯罪ではないし、会に名士が多いことを考えれば、警察の介入は避けたいところだろう。

結局、事務員の草加が鍵をかけ忘れたということで落着した。

「貴方はどう考えて？」

「貝塚さんは合鍵を持っていたのではないでしょうか」

「本人同意の上で、その場で身体検査をしたそうだけれど、鍵はなかったそうよ」

「でしたら、貝塚さんがサロンのどこかに身をひそめて、夕方に鍵をかける草加さんをやり過ごしたのでは」

サロンに誰かが隠れているなどとは考えもしないだろうから、草加は中を一瞥《いちべつ》しただけで戸締りをすませたに違いない。

「その貝塚さんはどういう方なんですか」

花守が訊ねると、あきが苦笑いを浮かべた。

「フロラ会にもっとも相応《ふさわ》しい方ね」

「となると、お母さんか奥さんのどちらかが気性の激しい方なんですね」

「両方に加えて娘さんもよ」

だが、貝塚がフロラ会に入ってから女性たちはすっかり大人しくなったという話で、貝塚は別人のように明るくなっていたが、最近はため息をついてばかりいたという。

「つまり、ご家族が以前の状態に戻ったということでしょうか」

「大の男の悩みが家庭不和だけではないかもしれないけれど――」

貝塚と同じ境遇だと噂されている会員の中には、このところ彼と同じように浮かない顔をしている者がいるという。

翌日、花守はあきから聞いた話を白菊に伝えたが、北芝がフロラ会の役員であることについては、さほど意外ではなかったらしい。

「ご興味がおありだろうとは思っていました」とのことで、仕事の合間に何度か、北芝と園芸の話をしたそうだが、相当に詳しかったという。

だが、サロンで眠りこんでいた貝塚の話には考えこんでしまった。

「需要に供給が追いついていないのかもしれませんね」

「どうして突然――」

「それは分かりませんが、『栄養剤』がほしくても手に入らない人がいる、ということは事実のようです。そしてその中のひとりがフロラ会のサロンに忍びこんだ――」

「サロンに何かあるのかもしれないね」

花守がそう言うと白菊がうなずいた。

「度々《たびたび》で申し訳ありませんが――」

花守はすぐにあきと連絡を取った。

あきの夫を通じてフロラ会の見学を申しこむと、会員の推薦があればいつでも構わないという返事で、二人は早速、馬場先通《ばばさきどお》りにやって来た。

御堀《おほり》にかかる鍛治橋《かじばし》を渡ると、広い通りの両側に赤煉瓦造りの洋館が並んでいる。

二人は仲通《なかどお》りを帝国《ていこく》劇場側に折れたところにある洋館のひとつに入った。

「白菊さんとおっしゃいますと、あの白菊さんでしょうか。小石川に広い庭園をお持ちの——」

フロラ会で常勤の事務員を勤める草加は、年の頃は三十代の半ば、鼻の下にひげをたくわえた小太りの男だった。

「そうですが……」

「大変お世話になっております」

草加が丁寧に頭を下げた。

元々、フロラ会の設立に際しては白菊家が全面的に協力したそうで、活動の一環として行われている庭園巡りでも、「白菊園」には何度も足を運んでいるという。

「君、知ってた?」

花守は小声で訊ねたが、白菊は首を横に振った。

「こちらです」

草加が扉を開けると、洋館の二階にある二十畳ほどのサロンには誰もいなかった。

正面の窓から夏の眩しい日差しが差しこんでいる。

部屋の中央には背の低い楕円形《だえんけい》のテーブルがあり、そのまわりにどっしりとしたソファがいくつも並んでいた。

右手の壁に沿って、大きさも形も素材も様々な花器が飾られており、左手には書架が六台、奥には給湯室が見えた。

「金持倶楽部」とも呼ばれるだけあって、豪華な調度品ばかりである。

「ゆっくり見学なさってください。ご質問があれば、私は隣の部屋におりますので。それと、十二時から一時の間は昼休みとなりまして――」

草加が壁の時計を見ながら言った。

「もうすぐですね。サロンに掃除婦が入りますのでご承知おきください。ただし、中にいていただいても構いません」

「ありがとうございます」

「もしかして、どなたかがお隠れになっているかもしれませんからお気をつけて」

そう言って草加がサロンを出ていった。

事情を知らない人間には通じない皮肉だが、わざわざ口にしたところを見ると、自分が鍵をかけ忘れたことにされて腹を立てているらしい。

「貝塚さんの件は、皆、同じように考えているようだね」

「ここなどいかがですか」

白菊がタッセルで留められたゴブラン織りのカーテンの裏をのぞきこんだ。

確かにここならば大人ひとりくらいは容易に隠れることができるだろう。

「貝塚さんはここで何をしていたのでしょうね」

白菊は部屋の中をゆっくりと歩きながら言った。

日がな一日いただけでは飽き足らず、サロンに一晩中閉じこもったのだ。

「それまでサロンに顔を見せなかった貝塚さんですから、最近になって来なければならない事情ができた。それは恐らく『栄養剤』に関わることでしょう。しかし彼の目的は達せられず、とうとうサロンに忍びこんで夜明かしする決心をした――」

花守は腕を組んだ。

貝塚は誰か、もしくは何かを待っていたのだろう。

だが日中現れなかったので、夜待つことにしたのだ。

「見てください、花守さん」

白菊が木製の蓋《ふた》つき花瓶の前で足を止めていた。

花瓶は菊の絵が描かれた台の上にのっており、台の高さと横幅は一メートルほど、奥行はその半分くらいである。

だが不思議なことに花瓶がやや右に傾いていた。

「ちょっと面白い作りですよ」

そう言って白菊が花瓶を両手で持ち上げると、何と台の上が丸くくり抜かれていた。

花瓶の底が完全な球形なのだ。

「転がらないようにわざわざ穴を開けているのか」

「ずいぶんと凝っていますね」

言いながら白菊が静かに花瓶を戻した。

「それにしてもよく気づいたね」

「花瓶が少しかしいでいたものですから」

「それは僕も気づいたけど、底が丸いとは思わなかったよ」

そのときかすかなノックの音がして扉が開くと、六十代と見える小柄な女性が入ってきた。

「お掃除をさせていただきます」

そして二人のほうへやって来ると、小声で詫びながら、菊が描かれた台の正面を扉のように開いた。

「物入れになっているんですか」

驚いた花守が訊ねると、掃除婦は照れたように笑った。

「紳士の目につく場所に細々とした道具を置いておくわけにはいきませんでねえ。かといって、ちょうどいい物入れもありませんし……」

仕方なく部屋のあちらこちらのわずかな隙間に掃除道具を隠し置いているという。

この洋館では、各部屋の管理は借主に任されているそうで、そのため必要な道具類もそれぞれで保管するしかなく、当然、掃除婦もフロラ会が雇い入れていた。

掃除婦はくるくると立ち働いて、きっかり一時に部屋を出ていった。

「見事な手際だったね」

掃除婦に礼を言いながら見送った花守が振り返ると、白菊は何やら考えこんでいた。

どうしたんだい、とは聞かず、花守はそっと椅子に腰かけるとその様子を見守った。

それが助手としての心得だと思っているからだが、窓辺に立つ白菊の姿は一幅《いっぷく》の絵画のようでもあったからだ。

だが、長く待つ必要はなかった。

「――ずっと考えていたんです」

白菊が唐突に話し出した。

「何をだい」

「『栄養剤』を売る方法を、です」

「ずいぶん現実的だね」

花守がそう言うと、白菊がふっと笑った。

「私たちが相手にしているのは異客という特異な存在ですが、犯罪は人間が起こすものです。人の心の動きを追っていけば、必ず異客に辿り着くでしょう」

「君の言う通りだ」

「栄養剤」の売人はフロラ会に関わりのある人間だろう。

フロラ会には、入会すると身内の女性が大人しくなるという噂があり、それを目当てに入ってきた会員を狙って「栄養剤」を売りこむ。

「恐らく、これと目星をつけた会員に手紙を送ったのではないでしょうか」

「となると、その後は直接現金のやり取りはせずに、たとえば——そうだね、郵便局の振替口座に振り込ませるなんてどうだい。『栄養剤』は郵送で十分だ」

白菊がうなずいて言った。

「そして、売人から一方的に『栄養剤』を送るだけでなく、緊急の場合には、買い手から売人に連絡を取る方法があったのではないでしょうか」

「何故だい」

「貝塚さんがこのサロンに忍びこんだからです」

代金を振り込むと「栄養剤」が送られてくるという、この単調にして確実なやり取りが続いていれば何の問題もなかっただろうが、最近になって供給が滞《とどこお》るようになったのではないか。

売人からは「栄養剤」の用意ができないので、代金を振り込まずにしばらく待っていてほしいと連絡が来る。

だが、待てど暮せど届かない。

家庭内は、かつてそうであったような望ましくない状況に戻りつつある――。

「そんなとき、花守さんだったらどうしますか」

「売人に直談《じか》判するね」

そう言って花守ははっとした。

「まさか、このサロンに――」

「ここで売人と連絡を取っていたのだと思います。ただし間接的に、でしょう。たとえば、指定された場所に手紙を置いておくといった方法です」

貝塚は当初、朝から夕方までサロンにいたという。

つまり、手紙を渡すだけでなく、手紙を回収する人間を捕まえて、直接話をしようとしていたのではないか。

だが、サロンが開いている間、見張っていても、それらしい人間は現れなかった。

「それなのに、翌日やって来たら手紙は消えていたのでしょう」

「どうしてそう思うんだい」

「貝塚さんがサロンで夜明かししたからです。昼でなければ夜に回収していると考えたのでしょう。犯罪慣れしていない紳士が一晩中見張りを続けていたのですから、明け方近くには緊張のあまりすっかり疲れ果てていたでしょうね。で、つい椅子に横になり、そのまま眠ってしまった、と」

花守は噴き出した。

「でも、そのおかげでサロンで連絡を取っているのではないかという手がかりが摑めました」

「僕たちも一晩中ここで過ごすかい？　カーテンの裏に男が二人じゃ狭いかな」

「遠慮させていただきます」

「しかし――」

「必要ありませんよ。手紙は日中に回収されています」

「だが君は今――」

「手紙は貝塚さんの目の前で回収されていたのですよ。彼が気づかなかっただけです」

白菊は菊が描かれた台の前まで行くと、おもむろに扉を開いた。

中には何枚もの雑巾がきちんと畳まれて積んである。

しゃがみこんだ白菊が中をのぞきこんだので、花守もそれにならうと、白菊は袂《たもと》を押さえて腕を伸ばし、花瓶の底に触れた。

「あ……」

花守の口から思わず声がもれた。

何と花瓶の底が外れたのだ。

「良い細工ですね。少し回しただけで取れました」

高台のない盃《さかずき》のような形のそれを手にしたまま、白菊は立ち上がった。

「手紙を入れておく場所はこの花瓶でしょう。わざわざ飾ってある花瓶の蓋を開ける人はいませんからね」

「でも君は気づいた――」

白菊が小さく笑った。

「飾り物の花瓶に触る人などいないはずなのに、傾いていたとなると誰かが触ったということです。それに本来、掛け花瓶でもない限り花瓶の底は安定性があるように作られるものですし、蓋もありません。台に穴が開いていることをごまかすために、このような花瓶をわざと作ったのでしょう。台が主で花瓶が従なんですよ」

「それにしても――」

「花守さんは私の実家で底の抜ける植木鉢をご覧になりましたね」

そう言われて、花守は園丁たちが植木の植え替えをしていたのを思い出した。

「ご覧ください。道理で出来のいい作品だと思いました」

菊が描かれた台の裏側に、丸に「兼」の焼き印が入っていた。

「花瓶の中の手紙を取り出そうとすれば、普通は上の口から手を差し入れます」

貝塚もそう考えて、花瓶の蓋を開ける人間を待っていたのだろうが、手紙は花瓶の下から抜き取られていたのだ。

「でも誰が――」

「それは決まっていますよ」

白菊は花瓶の底をはめながら言った。

「衆人環視の中で、この台の扉を開いても不自然ではない人といえば、ひとりしかいません」

「あの人が――」

花守は息を呑んだ。

屈託なく笑みを浮かべていた掃除婦に疑わしい素振《そぶ》りなど毛ほどもなかったのだ。


白菊は草加から聞き出せることは、すべて聞き出してしまった。

貝塚がサロンで眠りこけていた一件について大いに同情を示し、草加さんのような方が鍵をかけ忘れるとは思えないと、まるで昔から彼を知っているかのように憤慨《ふんがい》してみせたのだ。

横で見ていた花守はいつものことながら感心した。

その容姿といい能力といい、浮世離れしている白菊が、滑らかに世間話を繰り出し、相手の機嫌を取っていく様は圧巻の一言である。

薄暗い洋館を出ると、日盛《ひざか》りの通りは目を刺すほどに眩しかった。

この十日というものまったく雨が降らず、二人は並んで土埃《つちぼこり》の舞う道を歩き始めた。両側に赤煉瓦造りの建物が建ち並び、四角に切り取られた空にくっきりとした白い雲が浮かんでいる。

草加の話では、台ごと花瓶を寄贈したのも、掃除婦を雇ったのも役員会の決定によるもので、役員の誰が提案したのかまでは分からないという。

役員といえば農商務省参事官の北芝が名を連ねている。

花守はいつも自分をねめつけている北芝の三白眼を思い出した。

あれほどの熱意を持って、花守が異客に関わることを阻止しようとしていたのは、農商務省の意向以上に、彼個人に何か事情があったのだろうか。

そして掃除婦の女性である。

異客の特殊性を思えば、彼女が売人とは考えにくいので、その行動を逐一《ちくいち》見張ったところで黒幕に辿り着けるとは思えない。

抜き取った手紙の受け渡しも、郵便を使うなどして、直接の接触は避けているだろう。

調査は進展したものの、またそこで行き詰まった形だが、他に何か分かったら教えてほしいと、白菊は草加に連絡先を書いて渡していた。

花守は額の汗をぬぐいながら言った。

「貝塚さんのように、『栄養剤』を購入していた可能性がある会員に話を聞くというのは？

何か手掛かりが得られるかもしれない」

白菊が呆れたように言った。

「話すわけがありませんよ。私が売人でしたら、このことを他にもらしたら二度と薬を売らないと言って脅します」

「そんなに怖いのかな」

思わずつぶやいた花守に白菊が言った。

「というよりも、中毒になってしまうのでしょうね」

「薬を飲んだ女性たちがかい？」

「飲ませた男性たちのほうですよ」

「栄養剤」を飲ませるだけで相手が大人しくなり、何の反対もしなくなるのだ。

そんな思い通りの環境を手に入れた人間が、それを手放そうとするだろうか。

「でも、家族だ」

「猶更《なおさら》ですよ。身内に面倒は起こされたくありません。黙っていうことをきいてくれたら、それにこしたことはないでしょう」

花守はため息をついた。

御濠《おほり》の上を吹き渡る風もすっかり絶え、じりじりとした日差しが道行く人の首筋を焼いていた。

花守が暴漢に襲われたのはお盆を過ぎた頃だった。

その日は京橋区《きょうばしく》の丸屋町《まるやちょう》へいつもの往診に行った帰りで、長い夏の日もすっかり暮れていた。

夜空に月はない。

花守は黒々と闇に沈む農商務省の前で夜勤の柳井に声をかけた後、築地川《つきじがわ》にかかる采女橋《うねめばし》を渡った。

築地三丁目のこの辺りは、築地川沿いの片側町のため商売には不向きで、元々ひっそりとしたところだが、夜ともなればすっかり人通りが絶える。

夏の夜、川沿いには夕涼み客が溢れているが、川を挟んで海軍大学校に面したこちらの通りには喧騒も届かず、仕舞屋《しもたや》の軒灯だけが淡く闇を照らしていた。

だが、花守にはその静けさがかえって好ましく、往診の帰りにはいつもこの道を通っているのだが、以前、白菊や西脇にそう言うと、「分かりますよ」と同意してくれた。

花守が空樽問屋《あきだるどんや》の前までやってきたときである。

塀の中から飛び出してきた黒い影があった。

この空樽問屋は商売柄、黒板塀《くろいたべい》に囲まれた広い敷地内に樽倉が並んでいたが、江戸の頃ならともかく大正の今はすっかり寂《さび》れてしまっているようで、塀のところどころに穴が開いているというのに修繕もされていなかった。

「金を出せ」

そう言って男たちは花守を取り囲むと、じりじりとその輪をせばめてきた。

花守は無言のままだ。

「聞こえねえのか」

ひとりの男が花守の腕を摑もうとして手を伸ばした。

「触らないでくれ。商売道具なんだ」

そう言った花守の言葉が、聞こえたかどうか。

花守が男のみぞおちに肘を叩きこむと、男はうめいてその場に倒れた。

「野郎」

それを見た残りの二人がいっせいに飛びかかってきたのをひょいとかわすと、ひとりの背中を蹴り飛ばし、もうひとりの首筋を強打した。

その瞬間、体勢を崩した花守の足に鋭い痛みが走った。

背中を蹴られた男はよろめいた先で塀に頭をぶつけたらしく、前のめりにうずくまっている。

紺木綿の半天に股引《ももひき》をはいた男たちは人力車夫と見えた。

「喧嘩も治療も、訓練しないと腕がなまるな」

ため息をつきながら革靴の紐を抜き取って鋏で切ると、男たちの手足の親指同士を結んで身動きできないようにした上で、通りを三つ隔《へだ》てたところにある交番に向かった。

花守は、事情を話して警察官に同道してもらったが、倒れていたはずの男たちの姿はすでに消えていた。

「獺《かわうそ》に化かされたのではありませんか」

若い警察官があくびをしながらそう言ったので、花守は強く痛み出した足を見下ろしながら「そうかもしれません」と答えた。


翌日は、農商務省で週に一度行われている打ち合わせの日だった。

「先生、その足――」

足をひきずっている花守を見て、守衛の柳井が守衛室から飛び出そうとしたが、ちょうど訪問客が現れて、その場を動けなくなった。

花守は「また後で」と軽く手を上げると、園芸調査所の所長室に向かった。

「どうされたんですか、その足は」

早速、西脇が眉をひそめて訊ねた。

「昨夜、無頼漢に襲われましてね。往診の帰りにこの近くを通りかかったら、三人の男に取り囲まれたんです」

先に事情を話しておいた白菊は固い表情のまま黙って聞いている。

「それで――」

「僕はこれで腕が立つんですよ。全員気絶させて、紐で縛っておいたんですが、警察官を呼びに行っている間に逃げられてしまいました。他に仲間がいたのかもしれません。影も形もなかったものですから警察官には信じてもらえなくて、獺に化かされたのではないかと言われましたよ」

「痛みはどうですか」

「たいしたことはありません。すぐに治りますよ」

西脇がため息をついた。

「幽霊が出たという話は聞いたことがありますが、この辺りも物騒になったものですね」

「今度からは明るい道を通るようにしますよ」

花守が笑ってそう言うと、西脇が目を細めた。

「花守さんと話しているとほっとしますね」

二人が農商務省を出たとき、守衛室に柳井の姿はなかった。

もうひとりの守衛に訊ねると、ついさっき事務員が慌てて呼びにきたそうで、気のいい彼は何かと助けを乞われることが多かった。

「足の話をしたかったんだが」

「柳井さんは花守さんの贔屓でいらっしゃいますから、ご心配でしょうね」

築地川沿いに出ると、強い日差しに照らされた木々の葉が、乾いた道に濃い影を作っている。

人々は暑気を避けて家の中に閉じこもっているのか、人通りはほとんどなかった。

花守は手庇《てびさし》で空を見上げた。

「眩しいね」

「ええ」

「僕の足のことなら気にしなくていいよ」

白菊は横目で花守を見たが、すぐに目を伏せてしまった。

「貴方は――」

「うん」

「私と関わるようになってから、悪いことばかり起きると思いませんか」

うつむく白菊の横顔は強張《こわば》っていた。

「白菊の家で私は、存在してはならない人間でした。私は疫病神《やくびょうがみ》なのかもしれません」

「ずいぶん美しい疫病神だね」

「からかわないでください」

花守はしばらくの間、黙って歩いていたが、やがて言った。

「僕には君がひとりで重い荷を背負っているように見えた。だから、僕にできることがあれば手助けしたいと思ったんだよ。――といっても」

花守は笑った。

「君は『分からない』というんだろうね」

「私は――」

「いいよ、分からなくて。いずれ分かってもらえれば――そうだな、十年後か、二十年後か、もっと先でも」

「気の長い話ですね」

「医者はせっかちじゃ務まらないよ」

白菊がようやく、弱々しいながらも小さな笑みを浮かべた。


草加から手紙が届いたのは、フロラ会の事務所を訪ねた翌々週のことだった。

農商務省へ行く前に、白菊はいつもの応接室でその手紙を広げた。

「あれから詳しく調べてくださったそうなのですが――」

草加は理事会の記録をさかのぼって読みこんでくれたのだ。

底が球形の蓋つき木製花瓶を寄付したのは白菊家で、掃除婦を推薦したのは北芝だという。

二人はしばし黙りこんだ。

「これで少なくとも、台に菊が描かれていた理由は分かったね」

先に口を開いたのは花守だった。

「フロラ会と連絡を取っているのは徳史伯父のようです」

「あの花瓶を作らせたのも徳史さんかな」

「そんな話は聞いたことがありませんが、私が家を出てからずいぶん経ちますので……」

異客から手を引いたといわれている白菊家だが、フロラ会とはつながりを持っていることが分かった。

そして北芝である。

彼の言っていた意味ありげな言葉がしきりと思い出された。

――異客の存在が貴方に大きな利益を与えているのではありませんか
あれは何かのけん制だったのだろうか。

北芝の歯を治療した日のやり取りを伝えると、白菊は眉根を寄せて考えこんでいた。

「おうい、先生。花守先生よう」

農商務省の帰りに、花守と白菊が築地川沿いの道に差しかかると、橋の向こうからしわがれた声が聞こえた。

見れば守衛の柳井が、蟹股《がにまた》の足で小走りに駆けてくる。

「今日は非番でな」

「お休みの日に仕事場の近くにいては気が休まらないでしょう」

花守がからかうと、柳井は真面目《まじめ》な顔で言った。

「俺はな、先生を襲った犯人を捜しているのよ。先生みてえに立派な方から金を盗もうなんざ、ふてえ野郎どもだ。おまけに怪我までさせやがってよう」

誰から聞いたのかと、花守はかたわらの白菊を見たが、白菊は首を横に振った。

「白菊さんじゃねえ。俺は西脇さんから聞いたんだよ」

「そうでしたか」

「先生が嘘なんざつくわけねえのに、警察の野郎どもときたら何の役にも立ちゃしねえ。だからよ、あの樽問屋の辺りに、何か手掛かりでも落ちていやしねえか、しばらくうろうろとしてきたのさ」

ひとしきり話をして、手を振りながら去っていく柳井を見送った後、花守が「待たせたね」と声をかけると、白菊は川べりに立って築地川の流れをじっと見つめていた。

「行こうか」

「ええ――」

白菊は心ここにあらずという顔をしている。

「どうしたんだい?」

問われて、白菊はかすかな笑みを浮かべた。

「これから実家に行ってきます」

「ずいぶん急だね」

「聞いてみたいことができたんです。――聞かなければならないことが」

「僕も一緒に行くよ」

「何も危険はありません。徳史伯父に少しお願いをするだけです」

「しかし――」

一度決めると白菊は梃《てこ》でも動かない。

花守はうなずくしかなかった。


十日を過ぎた月が、空を明るく照らしていた。

背後に陸軍中央幼年学校を控えたこの一帯は深山《しんざん》のように静まり返っていたが、足元は思いのほか明るい。

二人が門の前で訪《おと》ないを入れると年老いた園丁が顔を見せた。

「農商務省から急ぎの要件がありまして――」

そう言うと、園丁からいぶかしげな表情が消え、「こちらです」と案内された。

石畳を踏んで、屋敷の左側に通じる短い通路を通り抜けると、その先の奥庭はところどころに置かれたランプの柔らかな灯りに照らされていた。

西脇は開け放たれた座敷の柱に背中を預けており、北芝は縁側に腰かけていた。

すでに西脇は浴衣《ゆかた》に着替えていたが、北芝は省からまっすぐここへ来たのか、ネクタイを緩めただけの姿である。

花守は枝折戸《しおりど》の前で足を止めた。

談笑する二人の様子があまりにも穏やかで、足を踏み入れるのがためらわれたからだ。

それは隣に立つ白菊も同じだったようで、夜目にも白く浮き立つその横顔はどこか切なげに見えた。

園丁に気づいた西脇が顔を上げた。

と同時に二人の姿を認めて、驚いたような表情を浮かべたが、それもすぐに消えていつもの笑顔になった。

「どうしたんです、二人とも」

「夜分遅くに申し訳ありません」

西脇は立ち上がると、花守と白菊を誘った。

「どうぞ、縁側に座ってください。すぐに盃を用意しましょう」

「ありがとうございます」

白菊は北芝と並んで腰を下ろし、花守は座らずそのかたわらに立った。

そんな二人を、北芝が青ざめた顔で見ている。

「こんばんは、北芝さん」

「何故ここに貴方がたが――」

「私も北芝さんがこちらにいらっしゃるとは思いませんでした」

「実は幼馴染なんです」

盃を手に西脇が戻ってきた。

「お互い考え方は正反対ですが、同じ仕事をしているんですから角突《つの》き合わせてばかりもいられないでしょう。休戦協定というところでしょうか」

「とても親しそうに見えました」

「君と花守さんのようにはいきませんよ」

西脇は盃を配り終えると、なみなみと酒を注ぎ菊の花びらを散らした。

「重陽《ちょうよう》の節句に我々の健康を祝して」

四人は思い思いに盃を掲げると、それからしばらくの間、奥庭に咲く早咲きの菊を眺めていた。


「ところで――」

それからどれほどの時間が経っただろうか。

座敷の柱に背中を預けていた西脇が口を開いた。

「今夜はどうされたんですか」

「『栄養剤』の件でうかがいました」

そう言って白菊は盃をかたわらに置いた。

「以前、つゆ草にまつわる事件が起きたときに、西脇さんにご報告差し上げましたが、覚えていらっしゃいますか」

「結局、成分が分からなかった――」

「その『栄養剤』に異客が用いられています」

白菊がそう言った途端、北芝の顔色がさっと変わった。

「お二人ともよくご存じのフロラ会には風変わりな噂がありますね」

会員には、身内の女性に頭が上がらない者が多いといわれているが、彼らがフロラ会に入会すると、彼女たちはすっかり大人しくなってしまうという。

「私の実家の覚え書きに書かれている内容と、フロラ会での噂話が一致するのです。つまり、異客の蔓を煎じたものには、人を大人しくさせる力がある――」

「それと似た効能なら、他の植物にもありますよ」

「さすがは西脇さんです。お詳しい」

白菊は笑みを浮かべたが、すぐに真顔に戻った。

「ですが、『栄養剤』からは異客の匂いがしたのです」

「君がそう言うのであれば間違いないでしょうね」

西脇がうなずいた。

「私はある会員の奇妙な行動から、『栄養剤』の売買に関する連絡はフロラ会で行われていると考えるに至りました」

そう言って白菊は、底が抜ける花瓶のからくりを説明した。

「この花瓶を寄付したのは私の実家である白菊家、そして手紙を抜き取っていると思われる掃除婦を紹介したのは北芝さんだと分かりました」

北芝はいつも以上に無表情で微動だにしない。

「異客は秘密の存在です。知る者は限られています。ですが、白菊家と北芝さんならば、どちらも異客を知っています」

「ちょっと待ってください」

北芝が言った。

「話が飛躍しすぎていませんか。知っている、ということならば確かにそうでしょうが、そもそもどうやって異客の蔓を手に入れるのですか」

誰かが故意に異客の種をばらまけば、人に寄生するかどうかは運次第だとしても、その確率は上がるだろう。

だが異客の蔓は白菊が回収し、彼の目の前で燃やされているのだ。

「まさか、君のご実家が農商務省に匹敵するような情報網を構築しているというのではないでしょうね」

白菊はそれには答えず話を変えた。

「実は先日、実家に行ってきました。伯父が留学中にお世話になった方がいらっしゃるというので顔を出してきたのです」

「それは良かった」

西脇が嬉しそうに言った。

「君が農商務省の嘱託になったことで、ご実家と疎遠になったままではないかと心配していたのですよ」

「お気遣いいただきありがとうございます」

白菊は頭を下げると、続けた。

「といっても、実家との関係を修復するために行ったのではなく、伯父がお世話になった方に会いに行ったのです」

「どなたですか」

「モーリス・シャルパンティエ氏です」

西脇がはっとした。

「シャルパンティエ氏がいらっしゃると知って、私は実家に行きました。彼に聞きたいことがあったからです」

「一体、何を――」

北芝が鋭く訊ねた。

「シャルパンティエ報告書の内容です。私は仏蘭西語が分かりません。ですから伯父に通訳してもらいました。私が聞きたかったことはひとつだけです。異客の蔓をほどいた人間の皮膚に異常が現れ、死に至るというのは本当か、と――」


西脇と北芝が白菊を凝視している。

「私がそれを訊ねようと思ったのには訳があります」

先日、花守は無頼漢に襲われたが、そのことを話したのは白菊と西脇だけだった。

守衛の柳井は足を引きずって歩いていた花守を見かけたものの直接話を聞くことができず、後になって西脇からその理由を教えてもらったという。

そして花守の贔屓である柳井は、自分の手で犯人の手掛かりを見つけ出そうとした――。

「柳井さんは私たちにこうおっしゃったのです」

――だからよ、あの樽問屋の辺りに、何か手掛かりでも落ちていやしねえか、しばらくうろうろとしてきたのさ

「何故、柳井さんは花守さんの襲われた場所が『樽問屋の前』だとご存じだったのでしょうか。――いえ、もっと正確にいえば」

白菊が西脇を見据えた。

「柳井さんに教えたのは西脇さんです。西脇さんは、何故そのことをご存じだったのでしょう。花守さんがいつもの往診の帰りに築地三丁目の辺りを通ることは、以前、何かのついでで話題に出ていたことを覚えていますが、怪我をした翌日、花守さんはどこで襲われたか、詳しい場所までお話しになりませんでしたよ」

西脇が何か言おうとしたのを制して白菊が先に口を開いた。

「花守さんが賊の手足を縛っておいたのに逃げてしまったことから、現場にもうひとり仲間がいたことは間違いないでしょう。当夜、柳井さんは夜勤で、花守さんが襲われた時間は残業の事務員さんと一緒にいた確認は取れています」

静かだった。

月の光がそこかしこに降り注ぐ音が聞こえそうなほど、奥庭は静まり返っていた。

「私は西脇さんのおっしゃったことを疑う必要があると思いました。そこでまず一番にシャルパンティエ氏に会いに行ったのです。――先ほどの答えは『ノン』でした。そもそも異客の蔓

をほどいた園丁などいないと」

　西脇は静かに白菊の話を聞いていたが、北芝の顔は青ざめていた。

「私の想像ですが、西脇さんは報告書そのものを偽造したのではないでしょうか。大本が嘘なのですから、後で誰が翻訳しても同じことです」

　西脇が小さく笑った。

「どうして私がそんなことを？」

「結果から見れば答えは明らかです。貴方は花守さんを排除したかった。つまり、異客の蔓をほどいてほしくなかったのです」

　このまま異客に関わっていれば死ぬかもしれないと脅したが、効果なしと分かって、次は暴漢に腕でも折らせようとしたのだろう。

　西脇が言った。

「分かりませんね。最初から花守さんを関わらせなければよかったのでは？　北芝さんがあれほど反対していたのですから」

「西脇さんはすぐお分かりになったのです。私が、どうしても花守さんを必要としていると——。ここで拒絶すれば私が嘱託をやめるかもしれません。つまり西脇さんは、私にやめてもらいたくなかったのです。それは異客を枯らし続けてほしかったということでしょう」

　しかし何故、蔓をほどいてほしくないのか、そして枯らしてほしいのか。

異客について白菊の知らない何かを、西脇は知っているのだ。

「私はずっと異客に向き合ってきました。ですが何故、自分がそうしようとするのか、その根本の気持に向き合うことは避けてきました」

植物を守り育てる家に生まれた白菊にとって「黒い手」は恥だった。

何故こんな力を持って生まれたのか——生まれなければならなかったのか。

「私はずっと、自分が許せませんでした。ですから、何でもいい——役に立ちたかった。そうすれば私は自分を許すことができると思ったのです」

草花を愛する人間として、異客にも心を寄せてきたが、それでも異客は人間に害をなすもの、ただ鎮めさえすればよいのだと考えるようにしてきた。

見ているつもりで、真に見てはいなかったのだ。

自分が「ここにいてもいい」と思うための道具としてしか見ていなかった。

白菊家において異客の話をすることは禁忌だったし、白菊も努めてそれを避けてきた。

知ったところで何になる？

現実は何も変わらないのに——。

「ですが、私は花守さんを巻きこんでしまいました。彼に被害が及ぶなら、私は逃げるわけにはいきません」

そのとき初めて、白菊は母について知りたいと思った。

いや、知ろうとすることを自分に許せた。

異客に強い関心を寄せていたという母親について教えてほしいと、白菊は伯父に頼んだ。


「母を逃がしたのは徳史伯父でした」

白菊家ほどの大店《おおだな》が八方手を尽くしたにもかかわらず、はるの行方が杳《よう》として知れなかったのは内部の人間が手を貸していたからだった。

その頃、はるには縁談が持ち上がっていたが、はると園丁の桜木はすでに恋仲になっていた。

逃げたい、と相談を受けたとき、徳史はもちろん反対した。

白菊一族にとってはるは掌中《しょうちゅう》の珠《たま》であり、徳史にとっても大切な妹である。

取り立てて優れたところのないように見える平凡な男などに、と腹立たしくもあった。

それでも徳史が折れたのは、はるが可愛かったからだ。

彼女の願いならば、徳史は何でも叶えてやりたかった。

だが結果として、二人は数年の内に亡くなり、残された白菊は「黒い手」を持っていた。

「伯父は後悔し続けてきたそうです。自分が妹を逃がしさえしなければ、こんなことにはならなかっただろうと――」

わずかな灯りをともしただけの、畠の脇に立つ小屋で、徳史は白菊に手をついて謝ったという。

そして徳史は固く口を閉ざしてきた、過去の出来事を語り始めた。

「伯父は母を逃がすために、お付きだった女性を頼りました」

お付きとは子どもの面倒を見る女中のことで、白菊家に出入りする者の娘から選ばれていた。

お付きの女性たちは、自分が面倒を見ることになった子を贔屓にするものだが、うめはとりわけ徳史を可愛がった。

徳史が二歳の頃、ふとしたことで患《わずら》いついて生死の境をさまよったとき、うめは真冬の朝三時に起き、井戸端で冷水をかぶって平癒《へいゆ》の願掛けをしたという。

「徳史坊ちゃんほど可愛い子はおりませんよ」

うめはいつもそう言って笑っていたという。

徳史もまた、そんな彼女を実母以上に愛した。

それから数年してうめは見初《みそ》められ、さる富裕な商家に嫁いだが、その後もうめは頻繁《ひんぱん》に徳史の元に顔を見せた。

そんな彼女の父親・平吉《へいきち》は白菊家に出入りしていた園丁のひとりだった。

優れた腕の持ち主で、はるに縁談が持ち上がった頃はすでに白菊家を離れ、牛込区《うしごめく》の閑雅《かんが》園《えん》という個人所有の庭園に園丁頭として引き抜かれていた。

徳史から相談を受けたうめは、はると桜木をそこへ隠すことにした。

「坊ちゃんは何も心配しなくていいんですよ。このうめがついておりますからね」

すでに青年になっていた徳史に向かって、彼女は昔と同じように言った。

早くに妻を亡くし、ひとり娘を溺愛して育てた平吉は、かつての主家だった白菊家を裏切る行為だと知っていながら、黙って娘の頼みをきいてやった。

遠縁の娘夫婦という触れ込みで、平吉は庭園内に建てられた小屋に二人を住まわせた。

桜木は園丁として働き、はるは以前と同じく庭の中で暮らしていたから、外に出る必要はなかった。

白菊園のある小石川区と、この庭園のある牛込区は隣り合っていたから、まさに灯台下《もと》暗しだったのだ。

平吉の腕に惚れきっていた閑雅園の主人は、何であれ、彼のやることに口を差し挟まなかった。

「閑雅園のご主人は北芝さんとおっしゃいました。北芝さんのお父様で——」

白菊が北芝を見つめて言った。

「つまり、現在の西脇庭園の前の持ち主です」


しばらくして落ち着いたはるから、徳史宛てに手紙が届くようになった。

もちろん直接ではなく、偽名でうめに送り、彼女から徳史に手渡してもらうのだが、うめは白菊家に頻繁に出入りしていたので、それを怪しむ者はなかった。

徳史は用心のため、はるの元を訪れることは避けていたから、手紙が届くのを楽しみにしていた。

「母は筆まめではなかったようで、ようやく月に一度、届く程度だったそうです」

それでもはるが幸せな様子は見て取れた。

今は無理でも、いつか二人が白菊家に戻る日が来るのではないか――徳史はそう思っていた。

「その手紙の中で、母は身の回りのことを書き送っていました」

北芝家のひとり息子は十代初めの少年だが、勉強の暇を見つけては平吉の後をついて回り、園丁の真似事をしていたという。

彼には同い年の幼馴染がおり、二人はいつも庭で遊んでいた。

はるに兄や姉はいたが、年下の兄弟はいなかった。

だからだろうか、彼女は二人の少年を本当の弟か、息子のように可愛がっていたようで、手紙に彼らのことがしょっちゅう出てくるところからもそれはうかがえた。

「ところで母は、私を身ごもった頃から、覚え書きを書くようになったそうです」

持てるものすべてを子に伝えようとしたのか、園丁の平吉ですら舌を巻くはるの知識に心服していた少年たちを思ってか、はるは筆を執《と》るようになった。

「それがどれほどの量だったのか、そしてどこへ行ってしまったのか、伯父は知らないそうですが――」

白菊は西脇と北芝を等分に見た。

「お二人がそれをお持ちではないでしょうか。そしてその覚え書きには、私の母が知っていた、異客の効能や特徴が詳しく書かれていたのではないでしょうか」

それでも抗《あらが》うように北芝が言った。

「だが、君が枯らした異客の蔓は燃やされています」

「焼却炉で燃やしていた箱は底に穴が開けてありました。異客を入れたと見せかけて、下から取り出していたんですよ。単純な細工です」

そう言うと白菊は口を閉ざした。

夜の庭に虫の音《ね》が響いている。

その遠い昔を思い出させるような鳴き声を聞いているうちに、花守はふと、二人の少年と若い女性が目の前で笑っている幻影を見たように思った。

二十数年後の今、少年たちは異客に対峙《たいじ》する官僚となり、女性は己と同じように美しい青年を残して消えた。

そして花守自身もまた、縁という糸の織りなす綴織《つづれおり》の一部となって、ここに立っているのだ。

どれほどそうしていただろうか。

北芝が西脇をじっと見つめていた。

「お前——変わったな」

北芝がそう言うと、西脇は困ったように笑った。

「うん、ごめんね」

北芝は小さくため息をついた。

そして立ち上がると、縁側の上に右膝をつき、腕を伸ばして西脇を抱き締めた。

西脇の手から盃が転がり落ちた。

「馬鹿だよ、お前は——」

西脇の横顔が北芝の左肩に見えていた。

西脇はしばらくの間、ぼんやりとした表情でじっとしていたが、やがて笑った。

「君がそれを分かってくれるなら十分だよ」

その瞬間だった。

それは二人の間から現れたように見えたが、異変に気づいた北芝が腕を離すと、西脇の首から伸びているのが分かった。

「異客……」

北芝がうめいた。

駆け寄ろうとした花守を見て、西脇が強く制した。

「結構です」

「しかし」

「自分がした、ことの責任は取りますよ――」

西脇の顔は苦痛に歪んでいたが、どこかほっとしたような表情も浮かんでいた。

「君たちが出会わなければ、僕たちはこのままいられたのに――」

つぶやくと、西脇はその場にくずおれた。

*

「西脇は庭を守ろうとしていたんですよ」

花守歯科医院の応接室で、花守と白菊、そして北芝が向かいあっていた。

三人の前にはティーカップが置かれていたが、誰も手をつけようとしない。

不思議と暖かな夜で、両開きの窓は大きく開かれ、時おり夜風が吹き抜けていく。

あの日から一カ月が過ぎようとしていた。

異客対策の要《かなめ》である西脇が倒れたことで、農商務省はその善後策に追われ、結果として北

芝や白菊も多忙を極め、気がつけば十月も半ばを迎えようとしていた。
農商務省から帰ろうとした二人に北芝が声をかけ、どこか話ができるところはないかと訊かれたのでここへ連れてきた。

「私たちの家は隣り合っていましてね」

何の前置きもなく、北芝が語り始めた。

どちらも父親は成功した実業家で、子どもは息子がひとりだけ、そしてその息子たちは共に草花が好きで、二人は北芝家の閑雅園で遊ぶのを常とした。

幸せな幼年時代が終わりを告げたのは、北芝の父親が破産したためである。

はるが閑雅園から姿を消して二年ほど経った頃だという。

西脇の父親が庭を買い取り、北芝一家は牛込を離れることになった。

別れの日、西脇は北芝の手を取って言った。

――君の庭は僕が守るよ

「貧しくなることよりも、庭から離れなければならないのが辛かったですね。それまで当たり前にあった場所なのに、明日からは立ち入ることもできないんですから」

北芝は泣かなかったが、西脇が泣いてくれた。

自分の辛さを分かってくれる人がいるというだけで、北芝は救われたような気持になった。

その後、北芝の父親は失意のうちに亡くなったが、優秀だった北芝には援助してくれる人が現れて大学を出ることができた。

農商務省に入った北芝は、そこで西脇と再会した。

すでに彼の両親は亡くなり、商売は向かないからと事業を手放していた。

手元に残したのは庭だけである。

「それまでは、ほとんど西脇と会いませんでした」

互いを取り巻く環境の違いもあったが、何より、西脇の父親が大きく手を入れたという庭を見るのが嫌だった。

だが、西脇は父親が変えた庭をすっかり元通りに直したという。

「嬉しかった、ですね。時間が――幸せだった昔に戻ったようで……」

北芝の口元にかすかな笑みが浮かんだ。

「お二人が農商務省に入られたのは、異客のためですか」

それまで黙って聞いていた白菊が訊ねると、北芝がうなずいた。

「貴方のお母様から異客と農商務省の関わりは聞いていました。私たち二人は強く興味を引かれたんです。将来は農商務省に入ろうと言い合ったものですよ」

西脇と北芝は、はるから白菊家や農商務省が知る以上のことを教えられていた。

異客の蔓を煎じたものは人を大人しくさせる力を持っているが、それは人間の首に巻きついた状態で枯らした場合だけだということと、蔓をほどいて無害化すればその力は消えてしまうこと、である。

当時、二人はどちらも不可能だと思っていた。

「はるさんは植物の声を聞くことができたのだと思いますよ。だから、草花もまた、自然の秘密を打ち明けてくれたのでしょう。身近で彼女に接していた私は、今もそう信じています」

やがて二人はかねてからの望み通り、異客に関わるようになったが、はるから教わったことは農商務省に報告せず、黙っていようと決めた。

「何故ですか」

白菊が問うた。

「人の心は自由であってほしいからです」

北芝は答えた。


だがもし、農商務省がそれを知ったらどうなるだろうか。

売れば金になる、それも莫大な富を生む有用植物として、国の管理下に置くのではないか。

「私は組織や国家というものを知っています。全体のためならば個は黙殺するのです。そしてそれは仕方のないことだとも思っています。私が異客を処分するために、白菊さんの苦しみを無視したように――」

北芝が口元を歪めた。

西脇と北芝が犬猿の仲であるように振舞っていたのは、農商務省の上層部から真実を隠すためだったという。

異客は人知を超えた植物であるがゆえに、幹部の中には研究を推《お》し進めるべきだと主張する者が一定数存在しており、西脇のやり方は甘い、辞めさせろという声も再三聞かれたという。

北芝が自嘲気味に笑った。

「ですが、私のように上司の指示に大人しく従う人間は受けがいいので——」

西脇を嫌っている北芝が、それでも西脇を異客対策から外さないほうがよいと考えているならば確かにそうなのだろうし、西脇の出した報告を北芝が確認したとなれば、鵜《う》の目鷹の目で粗探《あら》しをしただろうと考えてもらうことができたのだ。

その代わりに二人は、夜、人目を避けながら、かつての閑雅園で酒を飲みながら話をした。

「私にはそれで十分でした」

北芝がつぶやいた。

「西脇も私と同じ考えでしたよ。互いに変わることなどないと、思っていたのですが——」

西脇の庭の維持が難しくなっているという噂を耳にしたのは、白菊が嘱託になってからしばらく経った頃だったろうか。

金に糸目をつけず、広大な庭に父親の遺産をつぎこんできた西脇だったが、それも底を尽きかけていたらしい。

本当のところはどうなのだと、夜の庭で北芝が何度訊ねても、西脇は「大丈夫だ」と言って取りあわなかった。

その庭は北芝にとっても西脇にとっても、草花が生えているだけの場所ではなかった。ようやく取り戻した幸せな思い出そのものなのだ。

西脇が「栄養剤」を作ろうと考えたのはいつのことだったろう。

はるから話を聞いたときは不可能だと思っていた「人間の首に巻きついている状態で枯らした場合」を可能にする白菊が現れたときか。

それとも、このままでは庭を手放さなければならないと思い知らされた日か――。

結果的に西脇は異客を金儲《かねもう》けの手段に使ったが、それは少年の頃の約束を守るためだった。

「北芝さんは、僕が異客で薬を作っているのではないかと考えていたのでしょう」

花守がそう言うと、北芝が小さくうなずいた。

「異客の寄生事例が増えたので、何者かが種をばらまいているのではないかと考えていました。そんなときに、ちょうどよく花守さんが現れましたからね。ご職業柄、薬の知識もおありでしょうし――」

北芝が苦笑いを浮かべた。

「貴方を疑うより、もっと有利な立場にいた西脇を疑うべきだったのでしょうが」

異客の関わる事件が起きたときに、不思議とフロラ会の影が見え隠れしたのは、西脇の行動範囲とも重なっていたからだろう。

西脇は以前、フロラ会の会員が西脇庭園を訪れた際は、積極的に声をかけ、出資者を募っていると言っていた。

彼ほど人当たりが良ければ、勧誘の合い間にそれとなく水を向けただけで、ごく私的なことも聞き出してしまっただろう。

また、掃除婦を紹介したのは北芝ということになっていたが、そもそも北芝に推薦したのが西脇だったという。

彼女はかつて西脇庭園で働いていた園丁の妻で、夫が病気になったとき何くれとなく面倒を見てもらったことから、西脇に深い恩義を感じていたらしい。

だが彼女は西脇の指示通りに手紙を抜き取っていただけで、詳しいことは何も知らなかった。

白菊家がフロラ会に寄付した花瓶については、指物師の兼田から直接、話を聞くことができた。

元々、底が抜ける花瓶と上部が丸くくり抜かれた台は兼田が手慰《てなぐさ》みで作ったものだったというが、フロラ会がサロンを作る記念に何か贈りたいと考えた徳史が、兼田の仕事場で見たこの花瓶を一目で気に入り買い上げたのだという。

「底が抜けるよと言ったんだが、飾り物だから構わないって話でね。ま、水をたっぷり入れたところで、俺の花瓶から水が漏れる気遣いはないがね」

兼田はそう言って呵々《かか》と笑った。

徳史はわざわざこの細工についてフロラ会に伝えはしなかったが、この花瓶の底が抜けることを知っていた人間が他にもいた。

「西脇さんかい。しょっちゅう来なさるよ。あんたの考案した植木鉢を気に入っててねえ」

異客の蔓を入れて燃やす白木の木箱を作っていたのも兼田だったという。

「西脇さんは今――」

北芝が小さく首を横に振った。

花守の助けを拒んだ西脇だったが、彼が気を失った後、花守は即座に蔓をほどいた。

今は園丁の老爺《ろうや》を付き添いにして入院中だが、起き上がることはできず、声をかけても聞こえているのかいないのか、ぼんやりしているという。

「恐らくはこのまま退職することになるでしょう」

北芝は天を仰いで目を閉じた。


「君らしくなかったね」

「何がですか」

北芝を見送って、二人は再び応接室に戻ってきた。

「君が西脇さんのところへ行ったことだよ」

はっきりしていたのは西脇が嘘の報告をしていたということだけで、「栄養剤」を売っているという証拠はなかった。

そしてもしそうだったとして、西脇がひとりでやっているのか、北芝も仲間なのか、背後に農商務省がいるのか――何も分からないままに、花守と白菊はあの夜、西脇の庭に向かったのだ。

花守は冷めた紅茶を淹れ直した。

ティーカップは白菊専用である。

熱い器を持つことのできない、猫舌ならぬ「猫手」の彼のために取っ手の大きなものを買ってきたのだ。

白菊は長椅子に腰かけると言った。

「私は非常に腹を立てていたのですよ。貴方の命が危ないなどと言って脅したあげくに、無頼漢に襲わせたのですから」

農商務省に鑑定を依頼したところ、西脇が花守に贈った茶には、過剰《かじょう》に摂取すれば蕁麻疹《じんましん》を引き起こす植物が混入されていた。

異客を使わなかったのは、フロラ会の会員たちのように継続して薬を飲ませることが難しかったので、手っ取り早く脅迫できるほうを選んだのだろう。

「確かに何の証拠もありませんでしたが、西脇さんが何らかの形で関わっているのは間違いないことでした。そして理由は分かりませんでしたが、私に去られたくはないけれど、花守さんには手を引いてほしいと思っていることもです」

今、白菊の膝の上には、はるの書き残した覚え書きがあった。

「貴方にとっては形見でしょうから――」

そう言って北芝が置いていったのだ。

「私は嘱託を辞めるつもりでいました。そうすれば『栄養剤』の売買に打撃を与えることができます。それが切り札でした。まさかあんなことになるとは思いませんでしたが――」

罪が暴かれると、異客は身の危険を感じて寄主《きしゅ》から逃げようとする。

白菊の話を聞いている間、西脇は追い詰められていたが、まだ諦めてはいなかったのだ。

蔓が現れなかったことから、それは分かる。

だが、北芝に抱き締められたとき、西脇は「君がそれを分かってくれるなら十分だよ」と言った。

すべては「君の庭は僕が守るよ」という約束を守るためにしたことだと、北芝が分かってくれた――西脇の心の中で、大切な人に理解してもらうことができたという安心感が生まれたのだろう。

その安らぎは悪意と相容《あいい》れず、異客は逃げ出さざるを得なかった。

「私もあのようなのは初めて見ました」

「異客も驚いたかもしれないね」

そう言って笑った花守を見て、白菊が小さくため息をついた。

「どうしたんだい」

「いえ——貴方も嫌になったでしょう。理由はどうあれ、結局はお金が欲しくて引き起こされたことなのです。しかも内部の人間によって、です」

今回の一件について、北芝も、そして白菊も農商務省に報告するつもりはなかった。

西脇の病気退職ということで片がつくだろう。

「君は嘱託を辞めるつもりだったと言ったね」

白菊がうなずいた。

「君が辞めてもいい、と思えたなら、僕も嬉しいよ」

自分の力を否定し、己の存在意義を確かめるために農商務省の嘱託となった白菊である。

異客から離れることなど考えもしなかったに違いない。

その彼が、何かの役に立たなくても自分は存在していい——そう思えるようになったのだ。

「それが嬉しいんだよ」

「貴方は私のことばかりですね」

「そりゃ、君の助手だから」

白菊は呆れた顔をしていたが、やがて言った。

「私は貴方が菊のように思えます」

「それはないだろう」

花守は目を剝いたが、白菊は真剣だった。

白い両手で、取っ手の大きなティーカップを包みこむようにしている。

「大きく花を咲かせた菊が、私には開いた人の手のように見えるんです。——それが何かを支えているような気がして……」

この季節、高く澄んだ空の下に菊花は咲き誇る。

色も形も様々に、無数の花が——優しい手に似た花びらが、人の心を抱きとめるように花開く。

「貴方に、似ていると思うんですよ——」

「君にそう言ってもらえるなら光栄だね」

そのとき二人は揃って窓のほうへ顔を向けた。

隣家の垣根に群がり咲く黄菊でもあろうか、夜の闇の向こうから菊の香が漂ってきた。

あとがき

三木笙子

言葉ひとつでイメージが果てしなく広がっていくことがある。

絵でなく、歌でなく、映像でなく——文字がいくつか並んでいるに過ぎない、何かしらの意味を表しているだけのものが、世界をおおうほどの枝葉を伸ばすことがある。


大輪の白い花、という言葉を見たとき、美しい青年の姿が思い浮かんだ。

横顔しか見えず、花の形も定かではない。

花は白薔薇《しろばら》だろうか。

もしそうならば白薔薇の君と名づけよう。

使い古しの表現かと、内心笑ってしまうが、永遠に色褪《あ》せぬ形容にも感じる。

どんな身なりをしているのだろう。

古い絵本の王子様のような姿をしているのかもしれない。

だが、ふっと空に目をやると、秋の澄み切った空が広がっていて、気がつくと着物を着た青年が目の前に立っていた。

彼はひとりで歩いていく。

背の高いススキが生《お》い茂《しげ》る中を、うつむき加減に、誰とも目を合わせないようゆっくりと歩いていく。

彼はほとんど笑わない。

何かしら事情があって——それは彼にも、他の誰にもどうしようもない理由だったから、皆が彼を大切にしてくれたが、その優しさの中で寂しさを感じていたのか。

菊花の形は完全で、靭《つよ》く、凛《りん》としている。

白菊ならばなおさらだ。

そうか、彼は白菊なのだ。

そう思ったとき、彼がこちらを振り向いて、何か言いかけた瞬間、ふっとその姿が消えた。


初夏、という言葉を聞いたとき、爽《さわ》やかな風が吹き抜けたのを感じた。

顔を上げると木陰《こかげ》にひとりの青年が立っているのが見えた。

涼しげに流れる川のほとりで、彼のかたわらを、虫かごを抱《かか》えた子どもたちが歓声を上げながら駆け抜けていく。

青年は三《み》つ揃《ぞろ》いを着て、帽子をかぶり、きらめく川面《かわも》を眺めている。

賢そうな額と輝く眸《ひとみ》が眩《まぶ》しい。

口元には優しい笑みが浮かんでいる。

仕事はできるが、ちょっと甘えん坊のところがあって、もし彼に姉がいたら、ずいぶん可愛《かわい》がられてきたに違いない。

木の葉の隙間から射しこむ光が端整な顔を照らしている。

彼は今、ここにいることを楽しんでいるのだろう。

立っているだけで、五月の空の下にいるだけで、彼は幸せなのだ。

彼の声は朗らかで、一緒にいる人も幸福な気持にさせるだろう。

帽子で胸元に風を入れると、彼は日向に足を踏み出した。

彼の歩いていく先は明るい光に満たされている。

そんな彼でも顔が曇《くも》るようなことはあるのだろうか。

心優しい彼のことだから、人の寂しさに触れたときだろうか。

多くの人に囲まれて生きてきた彼が、一輪だけ咲く花を目にしたとしたらどうだろう。

不思議な力と隠された秘密――。

およそ彼には似つかわしくない世界に触れたら何を思うのだろうか。

私は彼らについての物語をいくつも書くことができるだろう、と思った。

「大輪の白い花」と「初夏」。

たった二つの言葉がそれぞれに異なる青年を生んで、彼らは物語の中で邂逅《かいこう》することになった。

彼らは目に見える形となり、はっきりとした声で語り出す。

二人が歩き始めると、その足元からまた別の花々が芽吹き始める。

華やかな花、陰りのある花、可憐《かれん》な花、内に何物かを秘めた花――。

指先にのるほどの種でしかなかったわずかな言葉が一体どこまで広がっていくのかと、期待に胸をときめかせて、私はじっと耳を傾ける。


世界に溢《あふ》れる言葉の中には、魔法の種を宿した言葉がある。

それは人の心に植えられ、根づいて、ため息が出るような花となり、仰《あお》ぎ見るほどの青々とした緑になる。

そうしていつの日か、「これ」という言葉だけでなく、すべての言葉から花を咲かせることができる日を夢見ている。

WINGS・NOVEL

【初出一覧】
第一話・水仙：小説Wings '20年冬号（No.106）掲載
第二話・菫：小説Wings '20年春号（No.107）掲載
第三話・つゆ草：小説Wings '20年夏号（No.108）掲載
第四話・菊：小説Wings '20年秋号（No.109）掲載

この本を読んでのご意見、ご感想などをお寄せください。
三木笙子先生・伊東七つ生先生へのはげましのおたよりもお待ちしております。
〒113-0024　東京都文京区西片2-19-18　新書館
[ご意見・ご感想] 小説Wings編集部「招かれざる客　～黒の大正花暦～」係
[はげましのおたより] 小説Wings編集部気付○○先生

招かれざる客
～黒の大正花暦～

著者：三木笙子 ©Shoko MIKI
初版発行：2021年12月25日発行

発行所：株式会社 新書館
［編集］〒113-0024　東京都文京区西片2-19-18　電話 03-3811-2631
［営業］〒174-0043　東京都板橋区坂下1-22-14　電話 03-5970-3840
［URL］https://www.shinshokan.co.jp/

印刷・製本：加藤文明社

ISBN978-4-403-54234-3 Printed in Japan

SHINSHOKAN

伊東七つ生
presented by natsuo ito
コミカライズ
「招かれざる客」
〜黒の大正花暦〜
つゆ草の章
隔月刊ウィングスにて
(偶数月28日発売)
大好評連載中!
客
る
ざ
れ
か
〜黒の大正花暦〜
kuro no taishohanagoyomi
shoko miki
原作:三木笙子
シナリオ・構成:別府マコト
makoto beppu
明朗快活な好青年・花守《はなもり》と、
人を寄せ付けない美貌《びぼう》の白菊《しらぎく》。
人の悪意を養分として育つ
「異客《いかく》」なる植物に
まつわる事件を
捜査している二人だが……?